LE TESTAMENT D'ADRIEN

DU MÊME AUTEUR

L'Angélus de minuit, Robert Laffont, 1990
Le Roi en son moulin, Robert Laffont, 1990
Les Chasseurs de papillons, Robert Laffont, 1993 ; Pocket, 1994 (prix Charles-Exbrayat)
Un cheval sous la lune, Robert Laffont, 1994
Ce soir, il fera jour, Robert Laffont, 1995
L'Année des coquelicots, Robert Laffont, 1996
La neige fond toujours au printemps, Robert Laffont, 1998 ; Pocket, 2003
Beauchabrol ou le Temps des loups, Souny, 1997 ; Souny Poche 2009
L'Or du temps, Robert Laffont, 1998
Les Frères du diable, Robert Laffont, 1999
La Nuit des hulottes, Robert Laffont, 1999 ; Pocket, 2006 (prix RTL Grand Public)
L'Heure du braconnier, Pocket, 2000
Lydia de Malemort, Robert Laffont, 2000
Un jour de bonheur, Pocket, 2001
Le Silence de la Mule, Robert Laffont, 2001 ; Pocket, 2004
Maisons au cœur, Robert Laffont, 2001
Dernières nouvelles de la terre, Anne Carrière, 2001
Le Voleur de bonbons, Robert Laffont, 2002 ; Pocket, 2004
Lumière à Cornemule, Robert Laffont, 2002 ; Pocket, 2005
Une vie d'eau et de vent, Anne Carrière, 2003
Des enfants tombés du ciel, Robert Laffont, 2003 ; Pocket, 2009
La Couleur du bon pain, Robert Laffont, 2004
La Montagne brisée, Pocket, 2007
Le Dernier Orage, Pocket, 2008
Les Colères du ciel et de la terre, Robert Laffont, 2005
Le Porteur de destins, Seghers, 2005 ; Pocket, 1994 (prix des Maisons de la presse ; prix du Printemps du livre de Montaigu ; Grand Prix littéraire de la Corne d'or limousine)
Juste un coin de ciel bleu, Robert Laffont, 2006
La Conjuration des lys, XO Editions, 2007 ; Pocket, 2010
La Peste noire, XO Editions, 2007 ; Pocket, 2010
Le Roi chiffonnier, XO Editions, 2007 ; Pocket, 2010

(Suite en fin d'ouvrage)

Gilbert Bordes

LE TESTAMENT D'ADRIEN

Roman

Terres de France

PRESSES DE LA CITÉ

92, avenue de France – 75013 Paris
ISBN 978-2-258-16316-4
Dépôt légal : avril 2020

Presses de la Cité un département **place des éditeurs**

place des éditeurs

— Il va donc revenir !

Gaëlle est là, au milieu de sa cuisine, tenant à la main la lettre recommandée que le facteur vient de lui remettre. Elle a parlé à voix basse, la bouche à peine entrouverte, et regarde devant elle le grand meuble de chêne patiné. Nina a entendu et lui adresse un regard anxieux. La fillette de onze ans comprend tout et redoute les fréquents moments de tristesse de sa mère, ces longues heures où la jeune femme reste immobile sur une chaise, les yeux rivés vers la cour, insensible aux autres.

— Maman !

Avec cet instinct sûr qui l'avertit de la moindre préoccupation des adultes, Marion, la petite sœur, court vers Gaëlle. Marion a huit ans, mais n'en paraît pas plus de six. On voit bien dans son regard le vide de son âme. Marion n'a pas pu apprendre à lire et parle encore comme un tout petit enfant. Elle ne sera jamais comme les autres.

— Maman !

Marion se précipite contre sa mère, la serre dans ses petits bras. Gaëlle retient un geste de rejet. Marion l'agace avec son incessant besoin de se frotter à elle. Tom, le mari de Gaëlle, arrive. Il est costaud avec un cou de taureau, une large figure sanguine et un regard curieusement bleu plein de douceur, les cheveux courts et frisés ; ses imposantes épaules rassurent. Il s'approche de Gaëlle qui tient toujours la lettre à la main.

— C'est pour le testament du Fada ?

Elle ne répond pas. A cet instant, la présence de Tom la révolte. La chair de poule hérisse ses bras. Comment a-t-elle pu vivre près de lui, faire l'amour avec lui, dormir dans son odeur pendant douze années ? Elle chasse cette soudaine pensée. Alors, sans un mot, elle sort et gagne la maison voisine, plus ancienne, celle de sa mère.

Pierrette Pujols a reçu la même lettre. Elle voit venir Gaëlle et son pas lourd, mal assuré, ne lui échappe pas.

— Toi aussi ? demande-t-elle.

— Oui, c'est pour jeudi en fin de matinée.

Pierrette observe Gaëlle qui ne soutient pas son regard et remarque les tremblements de ses doigts.

— Tout se passera bien ! T'en fais pas.

Gaëlle entre dans la maison et s'assoit sur une chaise près de la table. Dans le coin opposé à la fenêtre, l'oncle Daniel des Noyers se frotte les mains. Il fait ça tout le temps. Pierrette lui apporte son assiette qu'il vide en quelques coups de fourchette, puis il recommence à se frotter les mains. Il ne bouge pas de la journée, ne parle pas. Il va seul aux toilettes, mais il se salit souvent et Pierrette doit le laver comme un vieux bébé dégoûtant. Le reste du temps, il ne gêne personne, assis à sa place, été comme hiver. Avant qu'il ne se tue sur son tracteur tout neuf, Alain Pujols, le mari de Pierrette, avait voulu le placer dans une maison spécialisée, mais c'était trop cher et exhiber ce débile profond ne convenait pas à l'adjointe au maire du Puget.

— L'Espagnol sera là ! lance Pierrette sur le ton de l'affirmation. Mais tu t'en fous !

— Oui, je m'en fous ! répond Gaëlle en frissonnant malgré la chaleur torride de ce mois de juillet 2019.

Une pensée s'impose à son esprit, celle d'un petit garçon aux mollets griffés par les ronces qui court sur le sentier. Les autres le rattrapent, le roulent dans la poussière, le frappent et s'enfuient en riant. Gaëlle, qui a comme lui une dizaine d'années, l'aide à se redresser et essuie ses larmes avec son mouchoir blanc...

L'homme marche sur le chemin caillouteux qui serpente entre les genévriers et les buis. Un soleil implacable grille la maigre végétation de cette colline un peu en retrait de la montagne. L'été souverain fige le temps. Pas un souffle de vent. Les insectes font un raffut infernal.

— Pablo ?

L'homme s'arrête. Il est grand et maigre, très brun malgré ses yeux gris clair. Son crâne rasé luit dans la lumière intense.

— Pablo Sierra ?

Celui qui s'approche est petit et rond. La sueur roule sur son large visage aux joues pendantes. D'un revers de la main, il s'essuie le front.

— C'est toi, Baptiste ?

— C'est bien moi. Mais toi, tu as pas mal changé ! Quand tu es parti, tu avais combien, déjà ?

— Dix-huit ans !

— Oui, et sans vouloir te froisser, tu avais des cheveux sur la tête. J'ai vu que tu as laissé ta moto sur la route et tu as eu raison. Sur le sentier, les pierres coupent comme des lames de rasoir.

A son tour Pablo s'essuie le visage. De l'endroit élevé où il se trouve, toute la chaîne des montagnes de Lure lui apparaît, ruisselante de soleil, avec ses pentes rocheuses, ses landes de lavandes sauvages, ses bosquets d'arbres rabougris, chênes, oliviers et figuiers.

— Je t'ai vu arriver, fait le gros Baptiste à la respiration bruyante, agacé par le mutisme de son interlocuteur. Je me suis demandé qui pouvait bien s'arrêter là, au milieu de rien.

— Le pays est toujours aussi beau ! répond Pablo qui cède à l'émotion des souvenirs.

Il se revoit enfant dans les sentiers entre les grandes herbes. Il est avec Albert, l'ami du Fada.

Au bord du torrent presque à sec, il remplit un petit sac d'écrevisses qu'il apportera à Gaëlle, qui prend sa défense quand les autres le malmènent.

— Ça fait un bail…

Baptiste a un geste fataliste des bras. Pablo sait bien qu'il n'a plus sa place au Puget où il a grandi.

D'ailleurs l'absence de la maison du Fada qu'on voyait de loin a changé l'aspect du village.

— Tu viens pour le testament ?

— Oui, répond Pablo, je vois que les nouvelles vont vite !

— Pierrette a dit qu'elle avait rendez-vous chez le notaire, ce qui se comprend, vu que c'est la sœur du Fada, mais Pierre Bertin est aussi convoqué. On peut se demander pourquoi.

— Oui, en effet.

Baptiste pense au couple que formaient Gaëlle et Pablo. Ils allaient dans la montagne, en se donnant la main. Gaëlle était superbe avec ses cheveux en grosses boucles agitées par le vent, sa robe qui jouait autour de ses jambes ! Ils étaient nombreux, les garçons qui auraient voulu la serrer dans leurs bras, mais Gaëlle n'avait d'attention que pour Pablo, cet étranger dont on savait si peu de chose, sauf que le Fada l'avait ramené avec lui à son retour de La Rochelle.

— En face, c'était la maison d'Adrien où j'ai grandi, poursuit Pablo.

— Oui, elle a brûlé. On a dit que c'est lui qui y

a mis le feu quand il a su qu'il avait peu de temps à vivre. Mais la chapelle Sainte-Féréole est toujours là avec son orgue.

— Il doit être dans un drôle d'état.

— Ah, cet orgue ! Quand Cecilia était là, ça n'en finissait pas ! Et puis elle est partie, et on s'ennuyait de ne plus l'entendre. Comme s'il manquait quelque chose au paysage !

— Adrien avait de grands projets ! réplique Pablo.

— C'est vrai qu'à mille deux cents mètres d'altitude, il n'y a pas grand-chose à faire ! Notre village est en train de crever. Tu te rends compte qu'on a fermé l'école voilà déjà deux ans !

— Et où vont les enfants ?

— A Ongles ! Il y a un ramassage scolaire tous les jours.

— C'était pour lutter contre ça qu'Adrien a fait construire l'orgue. Pour redonner de la vie au Puget avec un grand festival qui aurait attiré beaucoup de gens !

Pablo regarde le sommet de la colline et le modeste clocher qui dépasse des arbustes. Il emprunte le chemin blanc jusqu'à une porte de bois noircie par le temps. Les ronces ont poussé sur le parvis, la mousse couvre les pierres sculptées de la façade.

— La chapelle du Fada ! murmure-t-il.

Le petit édifice est construit à côté d'un torrent qui ne s'assèche pas en été. Une petite retenue avait été aménagée un peu en amont pour faire tourner une roue à aubes qui actionnait les soufflets de l'orgue.

— Parfois, des courants d'air font chanter les tuyaux et on dirait des voix lointaines qui se plaignent, qui appellent au secours ! ajoute Baptiste qui a rejoint Pablo. Il a été question de l'enlever, de le vendre, mais la justice s'y est opposée. C'est toi qui vas en hériter !

— Peut-être.

Pablo poursuit son chemin sous un soleil de plomb aussi implacable que celui d'Espagne. Il voudrait poser d'autres questions, mais il connaît Baptiste, bavard et toujours prêt à en rajouter un peu ! Que s'est-il passé au village en treize ans ? Depuis le jour où Adrien des Noyers l'a conduit en Espagne en lui faisant jurer de ne plus jamais porter les pieds au Puget ? Il a eu la tentation de se faire représenter chez le notaire pour ne pas avoir à croiser Gaëlle qui a fait sa vie avec Tom Machaud. Gaëlle a tourné la page, pas lui. Et il se sent lourd, incapable d'avancer vers le village de son enfance. Pourquoi n'est-il pas parti en Afrique, comme il en a eu l'intention, une fois son diplôme de médecin en poche ?

Malgré lui l'émotion l'étreint. Il marche jusqu'à l'entrée de la chapelle. Un tilleul, un peu plus grand que les autres arbres, lui offre une ombre fraîche. A côté, le petit étang s'envase par manque d'entretien. Le canal conduit l'eau jusqu'à la roue en bois qui ne tourne plus depuis la disparition de Cecilia en 2016.

Il suffirait pourtant de nettoyer les grilles des branchages qui les encombrent pour qu'elle retrouve son mouvement régulier et apaisant. Pablo pousse la lourde porte ferrée. Une forte odeur de renfermé, de vieux bois, de tissu moisi imprègne la pénombre. En face, révélé par la lueur d'un ancien vitrail cassé, l'orgue du Fada surprend par sa démesure, sa multitude de tuyaux rangés par ordre croissant, son inutilité dans ce lieu abandonné, livré aux hiboux et aux chauves-souris.

Pablo a une pensée émue pour cet homme fantasque et mystérieux à qui il doit tant. Adrien des Noyers était un redoutable homme d'affaires. Ce boiteux dont tout le monde se moquait quand il était enfant, parti à dix-sept ans, était revenu vingt ans plus tard complètement transformé. Opéré de sa malformation à la hanche, il marchait droit et avec élégance. Le petit gardien de chèvres était désormais hautain et distant. Sa fortune le plaçait au-dessus des autres et surtout de sa famille. Son père et sa mère étaient morts dans un accident de voiture, il ne restait à la ferme natale que sa sœur Pierrette, son mari, l'insupportable Alain Pujols, leur fille, Gaëlle, bébé d'un an, du même âge que Pablo, et l'oncle Daniel. Gaëlle semblait normale, ce qui était presque miraculeux dans cette famille d'éclopés. Adrien avait assez répété à Pablo :

« Le sang des Des Noyers est pourri. A cause de mariages entre cousins, ils ont tous quelque chose à la naissance. Moi, c'était la hanche, mon frère

Daniel est un légume. Il y a eu des fous furieux ! Seule Pierrette a échappé à la malédiction, mais le pire, c'est ce qui ne se voit pas : la tête creuse comme une coquille de noix, ou pleine de folie. »

Adrien avait alors parlé à Pablo de deux oncles internés en hôpital psychiatrique et avait ajouté :

« Méfie-toi des Des Noyers. Ce sont des monstres ! »

Pablo avait compris : Adrien des Noyers condamnait ses amours adolescentes avec Gaëlle Pujols...

L'Espagnol fait un pas sur les dalles sonores. En face de lui, des dizaines de tuyaux métalliques au milieu d'une construction en bois lui opposent leur silence. Quelle tristesse ! Adrien a fait apprendre la musique à Pablo, le piano, puis l'orgue qui reste son instrument de prédilection. Plus tard, devenu médecin, il a continué de jouer dans une église de Madrid où il remplace parfois le titulaire pendant les célébrations dominicales.

La construction de l'orgue hydraulique a duré sept longues années. Pablo vivait alors en Espagne ; mais Adrien lui faisait régulièrement un compte rendu détaillé sur l'avancement des travaux. Commandé à Paul Touraine, facteur de Beaulieu-sur-Dordogne, en Corrèze, l'orgue avait été livré en 2014. La chapelle étant trop petite, il avait fallu déplacer les murs, surélever la voûte ; tout cela avait coûté une fortune, mais Adrien s'en moquait. L'inauguration avait été prévue la nuit de la Saint Sylvestre. Adrien avait fait venir l'organiste de Notre-Dame. La foule des curieux se tassait sur la petite place. Les étoiles scintillaient ; les gens grelottaient dans un silence sidéral. Le ciel, les montagnes, tout semblait au bord du gouffre quand, au premier coup de minuit, les grandes orgues s'étaient mises en branle. Une musique d'une puissance inouïe qui prenait au corps, qui submergeait la campagne, effaçait la grosse lune et sa lumière jaune, une musique de fin du monde. Certains voyaient s'ouvrir les portes du paradis, d'autres, se fermer celles de l'enfer ; et ils restaient là, tassés les uns près des autres jusqu'à ce qu'un grand silence les fige, statues vivantes qui n'osaient pas respirer. Le ciel allait-il les écraser avec ses étoiles tout à coup si proches ? Adrien rompit le sortilège en s'écriant :

— Le gel a bloqué la roue !

Un éclat de rire fit suite à sa déclaration. Ce n'était que ça ! Le gel ordinaire qui empêchait le sortilège. Rassurés, ils se mirent à plaisanter tout en regagnant le village. Mais ils n'oubliaient pas cette curieuse musique qu'ils entendaient pour la première fois.

— Moi, ça m'a retourné les sangs !

— Et moi, ça m'a bloqué la respiration. J'ai bien cru que j'allais y passer !

Ils riaient fort, comme pour s'assurer qu'ils étaient toujours vivants. Le vin chaud les attendait ; beaucoup se réfugièrent dans le bistrot de Lorraine. Ils n'avaient pas envie de se coucher en ces premiers instants de l'année nouvelle.

Ils savaient qu'Adrien était un homme d'affaires important, à la tête de plusieurs entreprises internationales. Le Fada fascinait par son attitude de gentleman, sa noblesse, sa manière de parler. Lui, le boiteux qui avait gardé les chèvres pendant son enfance, était devenu monsieur des Noyers. Même les gendarmes lui parlaient avec respect ! Il faut dire qu'il avait fait un don pour remettre en état les locaux de la gendarmerie ; il finançait aussi l'équipe de foot locale et mettait toujours la main à la poche quand on lui présentait un projet qui lui convenait. Tout ce mystère éclaboussait Pablo qui était rejeté par les autres enfants à l'école publique où on l'avait surnommé l'Espagnol. Quand Adrien s'était aperçu qu'il était le souffre-douleur de quelques lourdauds, il l'avait inscrit dans une école privée à Sisteron réservée aux fils à papa.

Pablo quitte la chapelle, ébloui par le soleil qui descend sur l'horizon. Il retourne à sa moto en empruntant le sentier entre les genévriers et les ajoncs. En contrebas, le hameau du Puget se tasse dans un repli de la colline, à l'abri du vent du nord particulièrement froid à cet endroit. Les toitures en tuiles romaines dépassent de la végétation assez abondante à cause de sources souterraines, richesse essentielle dans cette région aride.

En face, sur la colline, était érigée la maison du Fada, cette énorme bâtisse construite pour satisfaire la mégalomanie de son propriétaire. Elle dominait le village et il n'en reste que les murs calcinés. Baptiste, qui a accompagné Pablo jusqu'à sa moto, tant son retour l'intrigue, prend cet air fataliste qui lui va si bien :

— Avec son orgue, il nous faisait bien rigoler. On dit qu'il aurait voulu être musicien ! Albert, qui était son copain, raconte que lorsqu'il était enfant, il fabriquait des guitares avec des planches et du câble à vélo pour faire les cordes !

— Il était peut-être trop grand, trop ambitieux pour ce petit bout de montagne et les gens ne l'ont pas compris ! réplique vivement Pablo qui n'aime pas entendre la moindre critique envers celui qui a été comme un père.

Baptiste secoue sa grosse tête, fait un pas en direction de l'ombre et dit, d'une voix mesurée, comme s'il se sentait coupable de quelque chose :

— Ici, on élève des chèvres pour faire du fromage de Banon. Les bêtes ont besoin de calme. Alors, son festival d'orgue, son hôtel pour recevoir les touristes, c'était pas l'idéal !

— Vous préférez que le village meure ? Ça vous fait rien que l'école soit fermée ?

— Si, bien sûr. Mais personne n'y croyait à son projet. On veut être les maîtres chez nous ! Et puis, il y a eu Cecilia. Ça plaisait pas aux gens…

Cecilia avait trente-cinq ans de moins qu'Adrien. Superbe et déconcertante avec sa fantaisie, sa désinvolture, sa façon de parler. Infirmière, elle avait longtemps travaillé en Afrique. C'était également une excellente organiste et elle chantait si bien que la maison du Fada en était pleine de joie, de jeunesse et de vie. Au pays, on ne comprenait pas qu'Adrien, si méfiant et secret, se soit laissé embobiner par la belle étrangère. Ne l'avait-on pas vue dans une boîte de nuit d'Aix pendant que son généreux donateur dormait dans son immense maison vide ?

Pablo est bien le seul à connaître la vérité. En 2014, Adrien l'avait invité à le rejoindre dans un hôtel au bord du lac Majeur pour lui présenter sa fiancée, Cecilia Maggioni.

« Cecilia vient de Crémone. Elle a vingt-sept ans, j'en ai soixante-deux. Elle est venue au Puget après avoir entendu parler de l'orgue hydraulique. Pour la première fois de ma vie, je suis amoureux. Cela peut sembler ridicule que le vieux solitaire que je suis se découvre un cœur d'adolescent, mais c'est ainsi. Je vais épouser Cecilia. »

Le mariage eut lieu le 2 mars 2016 à Nice. Chacun savait à quoi s'en tenir. Cecilia rayonnait, car contrairement à ce qu'on disait au Puget, la belle aimait son vieux compagnon. Le soir, après la cérémonie, Adrien avait pris Pablo à part :

« C'est toi qu'elle aurait dû épouser. »

Il semblait tout honteux, mais Pablo l'avait rassuré.

« Je n'aurais pas su la rendre heureuse aussi bien que toi. »

Tous deux avaient pensé à Gaëlle. Une vague de tristesse avait submergé Pablo.

Une semaine plus tard, au retour du voyage de noces, Adrien apprenait qu'il souffrait d'un grave cancer du poumon et qu'il n'avait pas plus de deux années à vivre. Informé, Pablo avait fait venir le Fada à Madrid pour des examens poussés. Le docteur Perez, ami de Pablo, avait confirmé le diagnostic des médecins d'Aix-en-Provence. En apprenant la nouvelle, Adrien était resté plusieurs jours enfermé dans sa chambre, refusant de parler à quiconque. Cecilia était la seule à pouvoir l'approcher et lui apporter ses repas qu'il refusait. Un soir, il retint sa jeune femme et lui confia :

« Je vais bientôt mourir et tu dois t'occuper du festival autour de l'orgue. »

Trois semaines plus tard, Cecilia disparaissait…

Pablo se laisse emporter par la descente jusqu'au village du Puget. L'air fouette agréablement la petite partie de son visage hors du casque de motard. Il pense au dernier SMS d'Adrien : « La mort ne m'accorde plus beaucoup de temps. Viens vite, je veux te voir une dernière fois avant de fermer les yeux pour toujours. »

Pablo s'était rendu à Aix car Adrien avait refusé de se faire soigner à Madrid. Il était terriblement maigre. La peau grise de son visage montrait de grosses veines bleues. Ses yeux profonds conservaient cette étincelle d'intelligence que Pablo redoutait parce que rien, pas la moindre pensée, ne lui échappait. Ils s'étaient longuement étreints. Adrien pleurait à chaudes larmes.

« S'ils ne m'avaient pas pris Cecilia, j'aurais pu vaincre la maladie, mais à quoi bon se battre maintenant ? Toi, tu es établi et tu n'as plus besoin de moi. »

Il inspirait bruyamment, l'air pénétrait dans ses poumons avec un bruit de fer qu'on racle.

Les larmes roulaient sur ses joues creuses en suivant le sillon de profondes rides.

« C'est Pierrette qui l'a tuée ! Elle a le crime dans le sang. »

Pablo n'avait pas protesté. Il avait souvent entendu Adrien accuser sa sœur, mais l'enquête de gendarmerie ne lui avait pas donné raison.

« Ton absence m'a beaucoup pesé, avait-il poursuivi. Toi et Maria vous étiez ma famille, celle que je ne méritais pas. Maria aurait tant aimé t'accompagner en Espagne… Il était dit qu'elle n'aurait jamais de bonheur ! »

Un accès de toux le plia en deux. Puis il s'étouffa. Pablo appela un médecin. On emmena le malade en urgence en soins intensifs. Pablo attendit des nouvelles. En fin d'après-midi, le médecin qu'il connaissait un peu vint le voir.

« C'est fini. Je me dis qu'il a attendu votre visite pour s'abandonner. Il m'a beaucoup parlé de vous et ne voulait pas mourir sans vous avoir revu. Il m'a confié ce message pour vous. On l'a trouvé dans la poche de son pyjama. »

Surtout ne viens pas à mon enterrement. Je ne veux pas que tu gardes de moi le souvenir d'un cercueil qu'on range sur l'étagère d'un caveau. Tu seras convoqué, en temps et heure, par le notaire, Me *Lebay, pour l'ouverture de mon testament.*

Pablo traverse le village, passe devant la maison de Pierrette Pujols et retient son souffle, craignant, tout en le désirant, de voir apparaître Gaëlle qui habite la maison neuve à cent mètres de là, cadeau de l'oncle Adrien lors de son mariage avec Tom Machaud. Il poursuit jusqu'à un bâtiment crépi de blanc avec de larges baies. L'école communale construite dans les années soixante où Pablo a appris à lire, et désormais déserte. C'est là que les frères Barraut le coursaient jusqu'aux toilettes pour le frapper. C'est là aussi qu'il jouait à chat perché avec Gaëlle... A cette époque on croyait à l'avenir, mais il a vite fallu déchanter. Les enfants étaient de moins en moins nombreux et l'école beaucoup trop grande...

Que de souvenirs, que de souffrances pour Pablo dans cette lumière intense de Provence ! Le sentier qu'il suivait pour rejoindre Gaëlle est toujours visible entre les genévriers et les buis. Son cœur bat très fort. Une vive douleur serpente dans son estomac. Gaëlle à laquelle il a tant rêvé, Gaëlle qui lui a écrit une lettre de rupture si dure qu'il a eu envie de mourir, va paraître devant lui. Quelle sera son attitude ? Il redoute d'être lâche, pitoyable. Ses longues années en Espagne n'ont rien changé ; ne reste-t-il pas le fils du Fada, comme on l'appelait ici ? Du regard, il parcourt l'horizon avec ses montagnes bleues, ses pentes arides aux pierres ocre, les chemins entre les grandes herbes. Ce pays, il le porte en lui et c'est ici que ses rêves l'ont toujours ramené. Les odeurs de lavande sèche, de poussière ; la lumière éblouissante et le crissement si particulier des cigales lui ont tant manqué. Le pays de Lure est magique. Et pourtant, quel désert ! En effet, au fil des années, les villages d'altitude ont perdu leurs habitants.

Pablo inspire profondément. Depuis son départ, il ne s'est rien passé dans sa vie. Devenu médecin, il s'est installé dans un cabinet des beaux quartiers de Madrid, il a bien eu quelques maîtresses, mais n'en garde rien. C'est un solitaire. Monté sur sa puissante moto, il a parcouru l'Europe jusqu'en Scandinavie. Les immensités gelées des pays nordiques l'attirent. Pablo aime la vitesse, la griserie du vent qui fouette son visage, le défilé de la route, et cette sensation de liberté, de puissance tellement enivrante qu'il n'est pas toujours prudent.

Il arrive au bout du village, un peu après l'église, lourde masse de pierre, typique des églises de montagne. Il remarque que l'atelier de menuiserie du père Vanget est à vendre. Les maisons ont gardé leur aspect ancien hors du temps, loin du monde actuel, ce qui rassure Pablo, l'enfant de nulle part. Les habitants malgré leurs machines modernes, malgré les paraboles, Internet qui leur donne accès aux techniques les plus modernes, ressemblent à ceux qui les ont précédés.

Après l'église, il suit la route récemment goudronnée qui conduit au cimetière. Quelques tombes neuves au milieu d'anciennes entourées d'un mur au flanc de la colline. Tout en haut, l'énorme caveau d'Adrien domine les autres. Construit en granit bleu, il impose sa lourde masse à côté des pierres tombales en grès du pays que les années émiettent. Deux noms sont écrits en lettres dorées : *Maria Sierra 1954-2003* et *Adrien des Noyers 1952-2018.*

Là reposent les deux personnes qui ont compté pour Pablo. Maria, sa mère, si secrète, mais tellement prévenante. Elle lui parlait en espagnol, ce qui lui a permis de maîtriser la langue sans effort. Elle ne le prenait jamais dans ses bras, mais son regard plein de tendresse valait toutes les étreintes. Pablo s'en veut de ne pas avoir été plus attentionné envers elle, de l'avoir souvent considérée comme une servante. Il a compris après sa mort prématurée que son attitude d'enfant gâté avait dû la faire souffrir, et les remords pèsent en lui comme des cailloux prisonniers de son estomac.

Bien que vivant sous le même toit depuis des années, Adrien et Maria restaient distants l'un de l'autre. Elle s'occupait de lui avec beaucoup de bienveillance mais un mur les séparait. Pablo avait osé demander des explications à Adrien qui lui avait répondu sèchement : « C'est ma servante. »

Il gare sa moto devant la dernière maison, une ancienne auberge qui fait encore chambre d'hôtes. Une vieille femme vient à son devant. Pablo la reconnaît même s'il garde d'elle le souvenir d'une personne forte et décidée. Elle met la main devant son front et le contemple longuement.

— Pablo ! s'exclame Jacqueline en souriant de toutes ses dents trop régulières et trop blanches. Mais tu arrives plus tôt que prévu !

Il l'embrasse sur les deux joues. C'est son enfance qu'il étreint, sa famille, car tous les habitants du Puget sont sa famille. Il ne se souvenait pas que Jacqueline était si petite. Les rides de son visage ont transformé son sourire, mais sa voix un peu basse n'a pas changé.

— Tu viens pour le testament de M. des Noyers !

Pablo sourit. Adrien aimait beaucoup qu'on l'appelle M. des Noyers. Il y avait dans cette manière quelque chose de noble qui convenait à sa volonté de se démarquer des autres.

— Si j'ai bien compris, tout le monde est curieux de découvrir les dernières volontés d'Adrien ! fait Pablo.

— Il y en a une qui fait un sacré foin, c'est sa sœur, Pierrette Pujols. Depuis qu'elle a reçu la lettre de convocation, elle ne dort plus, espérant enfin hériter du trésor ! Et puis les gens parlent. Ici, on n'a pas beaucoup de distractions. Alors, on se pose des questions, ça occupe. Et puis il y a eu Cecilia.

— Je ne comprends pas !

— Tous les hommes se ressemblent et le Fada n'est pas une exception. Il a suffi que la belle Italienne lui fasse les yeux doux pour qu'il tombe dans le piège. Elle voulait le plumer et c'est ce qu'elle a fait avant de disparaître quelques mois après l'avoir épousé, alors peut-être qu'il ne restera pas grand-chose du magot. Au fait, tu es marié, toi ?

— Non. Je ne suis pas fait pour la vie de famille. J'aime la liberté ! répond Pablo avec un sourire en coin.

Jacqueline pense à Gaëlle, c'est ce qui donne du piquant au retour de Pablo. Adolescents, ils allaient ensemble aux fêtes locales. Les autres étaient jaloux, mais Pablo avait appris à se défendre et n'hésitait pas à jouer des poings.

— Le temps a passé ici comme ailleurs ! dit Jacqueline avec une pointe d'amertume. Viens, je vais te montrer ta chambre. Qu'est-ce que tu veux que je te fasse pour dîner, ce soir ?

— Je vous fais confiance ! répond Pablo en prenant sa petite valise sur sa moto.

Dans la chambre qui donne sur la montagne, il pose son bagage près du lit et se tourne vers Jacqueline :

— Votre mari, votre fils, tout le monde va bien ? demande-t-il.

— Oui, merci. Tu vas rester longtemps ?

— Tout dépendra du testament d'Adrien. Je crois qu'il y a plusieurs personnes convoquées...

— On dit qu'il y aura aussi Gaëlle.

Jacqueline n'a pas évoqué la jeune femme par hasard. Elle a fixé Pablo, en guettant la moindre crispation du visage, le moindre signe révélateur.

— Et comment elle va ?

Cette question lui a échappé. Il regrette de l'avoir posée, de montrer ainsi une préoccupation qu'il voudrait cacher. Jacqueline sourit légèrement, les rides de son visage s'animent.

— Elle travaille à la mairie de Peyruis. Son mari, Tom Machaud, s'était lancé dans la pisciculture, mais ça n'a pas marché et je crois qu'il a fait quelques dettes ! Gaëlle a eu deux filles ; Nina, l'aînée, a tout pris. Elle est très belle fille et bien élevée. Marion, la deuxième, est une pauvre gamine. Ça se voit sur son visage qu'elle n'est pas normale !

Jacqueline se souvient de la maladie de Gaëlle après le départ de Pablo. La jeune fille avait énormément maigri et refusait de sortir de chez elle. On dit qu'elle a raté ses études à l'université à cause de ça. La paysanne en est émue : des sentiments aussi forts attirent le respect et surtout l'envie.

— En cette saison, les journées sont tellement longues qu'on ne sait pas quoi faire de son temps, constate Pablo en contemplant les montagnes bleues de l'horizon.

Il ne reste pas longtemps dans sa chambre. L'extérieur l'appelle même s'il redoute d'y faire des rencontres qu'il ne souhaite pas. Il appelle Amanda, son assistante à Madrid. En entendant sa voix légèrement déformée par l'appareil, il a l'impression de revenir de très loin, d'un lieu inaccessible. Amanda et Pablo entretiennent des relations bizarres. Ce soir, en marchant sur le sentier à la sortie du village, il songe à cette belle brune qui n'attend qu'un geste de lui pour tomber dans ses bras. Ce geste, il ne le fera pas. Son cœur est devenu insensible depuis cette nuit passée avec Gaëlle dans une cabane de berger au flanc de la montagne, la veille de son départ pour Madrid.

Le soleil descend à l'horizon, Pablo contemple les montagnes assombries ; un calme profond monte des vallées. Un peu de brume s'accroche au flanc du mont de Lure. Pablo pense à ses escapades avec Gaëlle, leur amour qu'ils gravaient sur l'écorce des vieux arbres, et il se sent triste.

Jacqueline lui fait signe.

— Le dîner est prêt ! Si tu veux venir...

Il la rejoint. La salle à manger a été transformée pour recevoir les clients. Il s'assoit à une table. Victor, le mari de Jacqueline, le salue. Il travaille dans une entreprise de transport à Ongles. Très maigre, le visage anguleux piqué d'une barbe drue, il occupe ses jours de congé dans sa ferme, élève des chèvres et cultive un seigle apprécié.

— Tu n'as pas changé ! dit-il à Pablo qu'il a connu quinze années plus tôt. Ça fait plaisir de te voir.

— J'ai reçu la convocation du notaire de Peyruis, répond Pablo, puis il ajoute comme pour s'excuser : Après mon départ, Adrien et moi, on se voyait souvent. Je ne suis pas venu à son enterrement parce qu'il me l'a demandé. Mais je l'aimais beaucoup.

— Le pauvre homme, fait Victor. A la fin, il avait un peu perdu la raison et voyait des assassins partout !

— Qu'est-ce que tu racontes ? le reprend

Jacqueline. Adrien n'a jamais perdu la tête. Il disait que Cecilia avait été assassinée, parce qu'il ne voulait pas admettre qu'elle l'avait laissé tomber peu après leur mariage. Ça se comprend !

Le dîner est l'occasion d'évoquer les souvenirs, de parler des uns et des autres que Pablo a connus autrefois. Il raconte aussi sa vie de médecin à Madrid, qui ne lui laisse pas beaucoup de loisirs.

— Ils étaient féroces avec toi, surtout les fils Barraut. Tu te souviens quand je t'ai trouvé attaché à un arbre alors qu'il gelait à pierre fendre ?

— Ces choses-là ne s'oublient pas ! répond Pablo.

— Leur méchanceté ne leur a pas porté chance. L'aîné s'est tué à moto et l'autre est en train de mourir du cancer du foie. Alors que toi tu es là et en pleine forme.

— Oui, mais je comprends à présent combien je me suis ennuyé en Espagne.

— Bah, répond Victor, nous qui vivons ici, savons combien la vie est difficile ! Il n'y a rien, alors c'est pas étonnant qu'il ne reste que des vieux. Ça me fait de la peine, ces villages abandonnés. Des jeunes de la ville les achètent pour une bouchée de pain. Des écolos, des anarchistes barbus et chevelus qui vivent comme des animaux. Tu me croiras pas, mais ils sont toujours à poil et sales comme des petits gorets. On dit que ce sont des terroristes, des marchands de drogue qui se cachent ici où ils sont bien tranquilles.

La nuit tombe lentement, comme à regret en ce début de juillet. Victor prend le temps de fumer une cigarette en profitant de la fraîcheur du soir, de la brise qui vient par la fenêtre ouverte, puis s'excuse :

— Il faut que j'aille me coucher. Je pars demain à quatre heures !

Pablo regagne sa chambre et s'allonge sur son lit. Il n'a pas sommeil. Les bavardages en apparence anodins l'ont ramené quinze années en arrière. Il sort prendre l'air. La nuit est tombée, une multitude d'insectes crissent dans la pénombre. Tout à coup, un bruit infernal éclate, puissant, monstrueux de majesté et de beauté. La nuit en est secouée comme un animal qui se réveille ; le ciel tremble. Et ce bruit devient accord, musique limpide. Victor accourt, son torse poilu fait une tache claire. Il rejoint Pablo, face à cette vague sonore qui vient de partout à la fois.

— L'orgue ? demande-t-il.

— Oui, l'orgue, confirme Pablo.

— L'orgue ! répète Victor, mesurant tout à coup la menace que cet instrument démesuré fait planer sur le village. L'orgue du Fada !

— La roue ne tourne plus, murmure Pablo, alors comment…

Il ne termine pas sa phrase. Au village, les gens se rassemblent par groupes sur la place de l'église et dans la rue principale, scrutant la pénombre dans la direction de la chapelle qu'ils devinent en contre-jour sur la colline. Comment cet orgue, muet depuis trois ans, peut-il jouer une musique aussi merveilleuse ?

— L'orgue du Fada ! répète encore le père Brunet.

— Mais qui joue ? demande un autre. Faut aller voir !

Une voiture démarre et arrive au pied de la colline en même temps que Pablo et Victor. Ils gravissent en silence le sentier entre les ajoncs. Devant, Ragon, le garde champêtre, éclaire la marche avec une lampe torche. De la porte ouverte de la chapelle, le faisceau lumineux fouille l'intérieur.

— Il joue tout seul !

Ils s'approchent de l'instrument qui vibre de tous ses tuyaux avec une puissance démesurée.

Ils se regardent, étonnés et en même temps un peu apeurés.

— C'est pas possible, fait encore Victor. Ou alors, c'est un sortilège !

Enfin, la musique s'arrête. Le silence des vieilles choses s'impose. Lourd, écrasant, insolite.

— Qu'est-ce qui s'est passé ?

Pablo inspecte l'orgue en s'éclairant avec la lampe de son téléphone et ne trouve rien de particulier. Il y a sûrement un mécanisme intérieur pour le faire fonctionner, mais comment est-ce possible sans la force de l'eau ?

— On disait que le Fada était un peu sorcier ! fait quelqu'un. Qu'il serait toujours là, même après sa mort !

Pablo a mal dormi. La musique de l'orgue a tourné dans sa tête en un manège infernal. Il connaît très bien la pièce de Bach entendue cette nuit, mais quelque chose manquait, quelque chose qui défigurait l'œuvre, qui en faisait une autre musique avec des accents terriblement dramatiques. Il a beau la fredonner, visualiser la partition, avec les indications au crayon de M. Duverger, son professeur, impossible de trouver le détail qui change l'œuvre. Il ouvre sa fenêtre. Le ciel s'est couvert pendant la nuit et il fait frais. C'est une des caractéristiques de la montagne provençale : on passe d'une chaleur caniculaire à une fraîcheur surprenante. Il sort dans la cour. Les poules attendent au bas du balcon que la maîtresse de maison leur apporte du grain. Victor est parti depuis longtemps. Pablo a entendu sa voiture manœuvrer dans la cour. Il boit rapidement un café bien chaud. Jacqueline s'assoit à côté de lui, dans la cuisine.

— J'ai pas pu dormir ! fait-elle en bâillant.

— C'est vrai que c'est impressionnant cette musique dans une nuit d'été aussi calme.

— Mais qu'est-ce qui s'est passé ? s'interroge Jacqueline. L'orgue n'a pas joué depuis qu'il l'a fait construire. Après le départ de Cecilia, Adrien dépensait à tire-larigot pour des foutaises, comme s'il avait voulu dilapider sa fortune...

Tout cela, Pablo le sait. Persuadé que Cecilia avait été assassinée et que tout le village s'était ligué pour cacher l'assassin, Adrien en avait conçu une haine tenace et un défaitisme total face à sa maladie.

— Bon, fait Pablo en se levant. Je vais y aller. Je pense que le notaire aura fini à midi.

— Je te garde la chambre pour ce soir ? demande Jacqueline.

— Oui. Si je dois rester plus longtemps, je compte m'installer dans la maison de Mélanie Sorbier.

— Qui est morte voilà déjà deux ans !

— Je l'aimais beaucoup ! soupire-t-il sans aller au bout de sa pensée.

— Quand je pense qu'on doit faire vingt kilomètres pour consulter un médecin, je me dis que... ajoute Jacqueline passant du coq à l'âne.

Il comprend l'allusion. S'installer au Puget ! Est-ce possible, si près de Gaëlle ? Rien ne le retient à Madrid, mais tant de choses le rejettent d'ici. Et en faisant démarrer sa moto, tandis que Jacqueline le regarde s'éloigner, une vive douleur au ventre lui arrache une grimace. Il a la certitude que sa vie va s'arrêter, que le docteur Sierra va cesser d'être, qu'il va devenir un autre, un vagabond, un traîne-savates pour qui chaque jour apporte son fagot d'épines.

Avant de quitter le village, il fait un détour par la chapelle Sainte-Féréole. Il laisse sa moto au bas du sentier qui serpente entre les ajoncs fleuris. Sur la petite place devant l'édifice, une vieille qui s'appuie sur sa canne l'observe. C'est la mère Maurin, qui a été femme de ménage chez Adrien. Bossue, elle est toujours aussi maigre. Ses cheveux blancs qu'elle ne prend plus la peine de coiffer tombent en mèches sales sur ses épaules. Elle darde sur Pablo son regard ardent.

— Je savais que je te trouverais ici ! Tu as entendu cette nuit ?

— Bonjour, madame Maurin, fait Pablo en souriant. Bien sûr que j'ai entendu !

— C'est Adrien qui est revenu jouer de l'orgue. Je le sais. Adrien est encore là. Je le vois toutes les nuits...

— Qu'est-ce que vous racontez ? s'étonne Pablo.

— La vérité, mon garçon. Tu te souviens qu'il trouvait les sources avec son pendule. Et qu'il soignait les gens. Ma fille avait des verrues à la main droite. Il a fait passer son pendule et les verrues sont parties ! Adrien m'avait soigné aussi mes rhumatismes !

La Maurin s'éloigne en faisant claquer sa canne sur les cailloux. Pablo entre dans la chapelle, en pensant aux propos de la vieille femme. Adrien avait en effet le don de trouver de l'eau avec son pendule et de soigner certaines maladies. Un don de famille que sa sœur Pierrette lui enviait beaucoup.

Par quel prodige l'orgue a-t-il pu se mettre en branle la nuit dernière ? Un mécanisme est sûrement caché quelque part. Là, dans le silence qui bruisse à ses tempes, en face des tuyaux alignés dans un ordre trop rigoureux au milieu du fouillis de la chapelle abandonnée, il s'interroge. Il inspecte l'instrument et, ne voyant rien de particulier, sort. Un enfant d'une dizaine d'années, qui reluquait sa moto, s'enfuit à toutes jambes. Quelques instants plus tard, venant du bois voisin, un air d'harmonica surprend Pablo. Les notes cabriolent dans l'air avec une légèreté pleine de charme.

Il s'éloigne lentement sur la route poussiéreuse entre les chênes centenaires et rabougris. Ici, l'humus est rare entre les rochers. C'est l'enfer de Lure, disaient les anciens paysans. L'hiver, le froid fend le tronc des noyers, et l'été, la chaleur grille ce que le gel a épargné.

Pablo a l'impression de rouler au milieu d'un épais brouillard. Dans un tournant, il manque de s'étaler au beau milieu d'un roncier. Il fait quelques pas à l'ombre des platanes en inspirant profondément, mais ne retrouve pas son calme.

Les kilomètres défilent trop vite. Quelle attitude va-t-il adopter en face de Gaëlle ? N'est-il pas laid, monstrueux, trop maigre, avec la peau trop sombre d'un Espagnol du Sud ? Il redoute le rejet, peut-être la haine dans les yeux de la jeune femme ! Avant d'entrer dans le village, il pose pied à terre et soulève son casque pour s'essuyer le front. Pourquoi ne ferait-il pas demi-tour ? Pourquoi, d'un trait, n'irait-il pas chez lui, en Espagne, en tournant définitivement la page française ? Le visage austère d'Adrien lui apparaît et il entend cette phrase qu'il lui répétait souvent : « Etre un homme, c'est ne jamais céder à sa peur ! » Alors il repart, le moteur au ralenti. Quand Maria est morte, en 2003, Pablo a vu les larmes rouler sur le visage austère d'Adrien. Pourquoi le Fada a-t-il fait enterrer sa servante dans l'immense caveau construit pour lui « et ceux qui voudront me tenir compagnie ». Il y avait moins de dix personnes à l'enterrement de cette étrangère. C'était au mois de décembre, il faisait un froid tranchant. Pablo avait dix-sept ans. Gaëlle, à ses côtés, malgré l'interdiction de Pierrette lui tenait la main et l'avait serré dans ses bras quand il avait éclaté en sanglots... Depuis, tous les ans, à la Toussaint, le soir quand les portes sont fermées sur la nuit tombante où le gel aiguise ses aiguilles, quand personne ne peut le voir, il apporte un gros bouquet de fleurs sur la tombe de sa mère. « C'est une sainte, disait souvent Adrien. Elle devrait me haïr ! »

— Maman, murmure Pablo.

Ce mot absent de son vocabulaire d'enfant a pris une résonance profonde dans son cœur d'adulte.

Avec tous les regrets qui vont avec. Sa mère a sûrement souffert d'être juste Maria pour lui, la bonne du Fada, mais elle ne lui a jamais fait la moindre remarque, le moindre reproche. Maria ne parlait pas d'elle et Pablo ne savait rien de sa vie antérieure !

Le voilà au village. La chaleur cogne. Les rues sont désertes. Pablo range sa moto sur la place, consulte sa montre et constate qu'il est en retard de quelques minutes. Il pose son casque. Tremblant, d'un pas mal assuré, se forçant à ne penser à rien, il se dirige lentement vers la maison du notaire. Comme un automate, il traverse un porche et hésite avant de sonner à une porte de bois exotique verni. La cour pourrait être agréable avec son bassin et ses plantes grasses, mais il ne la voit pas. Une jeune femme rousse l'accueille et le prie de le suivre. Ils sont tous là, ceux que Pablo redoutait tant de revoir. D'abord Pierrette qui lève les yeux vers lui et murmure un bonjour à peine audible, puis Gaëlle qui garde la tête baissée. Un peu en retrait, Pierre Bertin qui se lève pour serrer la main de Pablo et semble s'excuser de sa présence.

— J'ai été convoqué, murmure-t-il.

— Comment va ton père ? demande Pablo d'une voix blanche.

Gaëlle a fait un imperceptible mouvement. Ses cheveux ont tremblé. Elle a déplacé sa main, crispé les doigts. Il est là l'Espagnol à qui elle pense tous les jours. Son regard posé sur elle la brûle. Elle voudrait s'enfuir, quitter cette pièce silencieuse, courir très loin, là où personne ne pourrait la rattraper. Elle aussi se force à penser à Tom, le doux Tom, à ses filles, surtout à la petite Marion qui a tant besoin d'elle, mais le tumulte de son esprit la laisse désemparée, face à cette image si présente, celle d'un adolescent qui a appris le judo au collège et fait rouler dans la poussière l'aîné des Barraut.

Pierrette pince les lèvres. Ce qu'elle redoute va sûrement se produire. Adrien, le haineux, veut l'humilier une fois de plus, la déposséder de ce qui lui revient. Gaëlle ne répond pas à son regard impatient. Elle est maintenant certaine que ce motard qui parfois la frôlait, caché par son énorme casque, était bien Pablo. Elle n'ose pas lever les yeux vers lui, de peur de croiser les siens. Le souvenir de la nuit passée dans la cabane de berger s'impose et lui fait très mal. Un de ces bonheurs intenses qu'on voudrait n'avoir jamais vécus.

— Bon, qu'est-ce qu'il fout ce notaire ? s'impatiente Pierrette toujours de mauvaise humeur. On n'a pas que ça à faire.

Gaëlle lance un regard contrarié à sa mère, puis, malgré elle, ses yeux se tournent vers Pablo. Il n'a pas changé. Toujours le même visage un peu long, un front large, un nez un peu fort, les yeux noirs, et pourtant pleins de lumière. Au lieu de le desservir, son crâne rasé lui confère une classe, une distinction de citadin instruit. Parti simple bachelier, il revient médecin et cela se voit. Gaëlle se force à le trouver trop maigre, trop grand, avec ses épaules trop étroites. Un gringalet à côté d'un Tom capable de maîtriser un bœuf.

Enfin, la porte s'ouvre. Le notaire, un gros homme sanguin, salue ses clients. Chauve, les joues flasques, de grosses lunettes fumées cachent son regard. Pierrette se lève. Elle n'a pas beaucoup changé, malgré son âge : toujours aussi grande, hommasse, les cheveux très courts et le visage austère. Pablo remarque une vague ressemblance avec Adrien, son frère aîné de onze ans : même courbure du nez, le menton fendu d'une profonde fossette, et cette attitude très droite, presque cambrée.

Me Lebay s'assure que tout le monde est bien là, Pierrette des Noyers, épouse Pujols, Gaëlle Pujols, épouse Machaud, Pablo Sierra et enfin Pierre Bertin en retrait. Il les invite dans son grand bureau, avec des meubles cirés et une large baie qui donne sur un jardin. Pablo s'assoit sur la seule chaise libre, à côté de Gaëlle, et cette présence le brûle. Elle aussi est mal à l'aise et garde toujours la tête baissée.

Me Lebay s'installe lentement sur son large fauteuil de cuir noir et pose ses coudes sur les accoudoirs.

— Je vais donc procéder à l'ouverture du testament de M. Adrien des Noyers, décédé le 30 juin 2018. A sa demande, j'ai attendu un an avant de vous faire part de ses dernières intentions.

— Pourquoi cela ? demande Pierrette.

— Je ne saurais vous le dire, mais c'est ainsi. Les volontés d'un défunt doivent être appliquées à la lettre.

Pierrette place son gros sac à main à côté d'elle sur le tapis et en tripote la bretelle d'une main droite nerveuse.

— Donc, poursuit le notaire en faisant sauter le cachet de cire d'une grosse enveloppe, je vais vous lire les dernières volontés de M. Adrien des Noyers, qu'il a écrites dans sa chambre d'hôpital trente-cinq jours avant sa mort.

Pablo pense aux derniers instants du Fada qui pleurait dans ses bras, aussi faible qu'un enfant. Le notaire parcourt l'assistance du regard, et s'attarde sur Pierrette qui ne baisse pas les yeux. Sa haine pour Adrien lui sert de bouclier. Quelles que soient les annonces de ces feuilles manuscrites, elle ne sera pas contente. Adrien ne connaissait-il pas ses difficultés d'argent ? Et quand Tom, son gendre, a dû renoncer à sa pisciculture, lui serait-il venu à l'idée de l'aider ? Lui, si riche, avait-il besoin de dépenser une fortune dont on savait qu'elle n'était pas honnête pour faire construire cet orgue totalement inutile ? Et d'épouser Cecilia qui devenait son héritière ? Mais tout espoir n'est peut-être pas perdu : Adrien, proche de la mort, a peut-être eu des regrets.

— Tout le monde est prêt ? demande le notaire.

Pierrette fait un signe affirmatif. Le gros homme s'éponge le front avec un mouchoir blanc. Il ouvre son dossier, inspire, et après un regard circulaire, commence :

— *Moi, Adrien des Noyers, sain d'esprit, fais part à Me Lebay, notaire à Peyruis, de mes dernières volontés et le charge de les exécuter. Je ne suis pas habitué à écrire, donc mes propos seront brefs et précis.*

Pierrette grogne et se tourne vers sa fille : qu'on en vienne aux faits !

— *Quand j'ai décidé de me fixer de nouveau au Puget, ma fortune semblait monstrueuse dans ce pays pauvre. J'ai eu vite conscience qu'on me jalousait, ma jeune sœur en premier.*

Le visage de Pierrette se crispe. Le salaud ! Il ose faire allusion à leur brouille. Elle grogne de nouveau. Gaëlle lui lance un regard contrarié.

A travers la voix du notaire, Pablo entend les intonations d'Adrien.

— *Je ne vais pas raconter ma vie, ce serait bien trop long. Je suis revenu au Puget en 1987, dix-neuf ans après mon départ. Les jaloux faisaient circuler le bruit que j'avais bâti ma fortune sur des actions malhonnêtes. En fait, j'ai eu de la chance dans les affaires. Avec Maria, nous avons élevé Pablo Sierra qui avait un an à notre arrivée. J'ai fait construire ma grande maison sur la colline qu'on appelle le Suc. La construction a duré jusqu'en 1990.*

— Qu'est-ce qu'on s'en fout de sa maison qui a brûlé !

Le notaire s'essuie de nouveau le visage, ajuste ses lunettes qui ont glissé sur son petit nez.

— *Les racontars n'ont pas manqué ! On a dit que*

j'étais le pire des criminels et que Pablo était mon fils. Je n'ai pas volé ma fortune. J'ai beaucoup travaillé. Je m'occupe d'entreprises bien gérées et d'un portefeuille d'actions. Tous les détails seront donnés ultérieurement à Pablo. Bref, j'ai su me débrouiller, moi qui n'ai pas eu la chance d'étudier.

— Voilà qu'il cherche à nous attendrir ! dit Pierrette qui se lève de sa chaise et prend son sac à main. Je m'en vais. Si c'est pour entendre les états d'âme de mon frère que vous m'avez convoquée, sachez que j'ai autre chose à faire !

— Je vous prie de patienter encore un peu.

Elle se rassoit en se tournant vers sa fille qui a un mouvement des épaules. Gaëlle garde tout le temps le visage baissé, les yeux presque clos. L'évocation de Pablo jeune la ramène à une époque qu'elle a voulu oublier et qui lui fait si mal. Le notaire reprend sa lecture d'une voix chantante :

— *En 2014, j'ai rencontré Cecilia. Une merveille de beauté, d'intelligence et de sensibilité. Elle jouait de l'orgue comme un ange. Je l'aimais comme je n'ai jamais aimé aucune femme.*

— Une fille sans principes qui avait trouvé l'oiseau à plumer et qui a su en profiter ! réplique Pierrette.

— Je vous en prie, madame, la tance le notaire. Vous ferez vos commentaires plus tard. Pour l'instant, je vous demande d'écouter les dernières paroles de M. des Noyers.

— Excusez-moi, répond Pierrette, mais certaines

choses sont difficiles à avaler quand on a connu mon frère et cette fille.

— Je continue, reprend le notaire qui se racle la gorge. *J'ai épousé Cecilia le 6 mars 2016, j'ai appris que j'étais atteint d'un cancer et qu'il me restait au mieux deux années à vivre... Je n'avais que peu de temps pour réaliser mon projet autour de l'orgue. J'ai chargé Cecilia de s'en occuper. Le 18 juin, Cecilia a disparu. On a dit qu'après m'avoir tout pris, elle était partie à la recherche d'un autre pigeon. Ce n'est pas vrai : Cecilia a été tuée. Sa présence gênait. J'ai alerté les gendarmes, j'ai tenté de remuer ciel et terre, mais personne n'a voulu me croire. On m'a dit que Cecilia était libre de disparaître. Malgré cela, le commissaire Delette avait été chargé d'enquêter. Il a interrogé les gens, il a fouillé dans la vie de la disparue, il est même allé enquêter en Italie. Pour rien !*

Pierrette bougonne et lance un regard consterné à sa fille qui ne réagit pas.

— Qu'est-ce qu'il attend pour m'accuser d'avoir tué sa poule, comme il n'a pas hésité à le faire auprès des gendarmes ?

— *Je donne la propriété de Sagon à Pierre Bertin en hommage à l'amitié que j'avais pour son père qui m'a toujours défendu quand j'étais boiteux et que cette bande d'assassins me torturait.*

— Faut pas exagérer. On se moquait un peu de lui comme on le fait entre gamins ! commente Pierrette. Personne ne l'a jamais torturé.

Tout étonné, Bertin regarde Pablo, puis Pierrette

et Gaëlle comme pour s'excuser de ce cadeau qu'il a envie de refuser. Pierrette lui lance un regard froid.

— *Gaëlle, tu sais pourquoi j'ai envoyé Pablo étudier à Madrid en lui faisant jurer de ne plus jamais mettre les pieds au Puget. Tu portes le sang pourri des Des Noyers et votre union était impossible. Je te donne la maison de Granges louée actuellement et d'un bon rapport. Tu en auras les revenus à partir d'aujourd'hui. Je précise que tu n'auras aucun droit à payer, M*[e] *Lebay ayant reçu de ma part les sommes nécessaires. Quant à toi Pierrette, j'ai tenu à ce que tu sois présente pour ne rien ignorer de mes dispositions. Te voilà sur la pente où t'ont conduite ta haine et ta jalousie...*

Le notaire s'interrompt et lève les yeux vers Pierrette qui a pâli.

— Excusez-moi, dit-il. Je suis obligé de lire ce qui est écrit.

— Le salaud ! réplique Pierrette, que la rage étouffe.

A cet instant, Gaëlle revoit son oncle, entrant chez sa mère et sortant de sa poche une énorme liasse de billets : « C'est pour toi si tu fais ce que je vais te demander ! » Elle a envie de vomir.

— Je poursuis, reprend Me Lebay. *Pablo hérite de tout le reste de mes biens, à charge pour lui de poursuivre ce que je n'ai pas eu le temps d'accomplir, le festival international autour de l'orgue, la construction du village de vacances et du complexe hôtelier. Je lui demande aussi de fleurir ma tombe où je reposerai aux côtés de Maria, une fois par an. Je l'ai aimé comme un fils et je regrette de ne pas lui avoir rendu le bonheur qu'il m'a donné.*

— Bon, ça suffit ! grogne Pierrette en se levant de nouveau.

— Vous devez signer ici, précise le notaire en présentant une feuille à Pierrette.

Gaëlle pense à ce que son oncle lui a dit deux semaines avant sa mort à l'hôpital d'Aix. Elle lui avait rendu visite pour le voir moribond, pour lui avouer toute sa haine. Elle avait trouvé un Adrien très faible, mais son regard franc imposait le respect. « Je te demande pardon pour le mal que je t'ai fait ! avait-il murmuré d'une voix sombre. Sache que je ne pouvais pas agir autrement, j'espère que tu le comprends ! » Elle qui était venue pour lui cracher à la figure, l'avait pris dans ses bras. Puis il avait ajouté : « Si j'ai fait jurer à Pablo de ne plus remettre les pieds au Puget, c'était bien sûr pour éviter votre mariage, mais aussi pour que celle qui a tué Cecilia ne s'en prenne pas à lui. » Gaëlle avait saisi l'allusion et y pense à cet instant tandis que Pierrette pose ses mains sur le bureau. Sa mère a-t-elle pu commettre une telle monstruosité ? Elle n'y a jamais cru, mais là, en face du notaire, près de Pablo dont elle sent la lourde présence, le doute devient brûlant au point que son visage se crispe en une vilaine grimace.

Elle ne sait plus de quoi sera fait demain. La maison dont elle hérite sera la bienvenue car Tom n'est pas très habile pour faire rentrer de l'argent.

Mais l'essentiel n'est pas là. La vue de sa mère debout, son gros sac qu'elle tient à deux mains devant elle, lui est insupportable au point qu'elle a envie de crier.

Pablo, dépassé par ce qu'il vient d'entendre, baisse les yeux. La tête lui tourne. A quoi va-t-il employer cette fortune ? Il doit surtout honorer la mémoire de cet homme qui lui a tout donné à lui, le fils de sa bonne. Adrien a toujours été dérangeant pour les bien-pensants. N'était-ce pas pour narguer ses voisins qu'il traversait le village toujours habillé comme un lord anglais, costume en tissu rare coupé sur mesure, pochette rouge... Et pour rappeler que la famille des Noyers était une des plus anciennes de la région, d'une noblesse poussiéreuse qui remontait aux croisades, n'avait-il pas fait graver un antique blason sur le fronton de la maison du Fada ?

Le notaire fait signer plusieurs documents d'abord à Pablo, puis à Pierrette qui hésite, son stylo levé devant elle. Enfin Gaëlle se penche sur le bureau et signe à l'endroit que lui indique Me Lebay du bout de l'index.

C'est fini. Pablo sort, ébloui par un soleil qui éclate sur les façades claires. Gaëlle et sa mère se dirigent vers leurs voitures garées dans une rue voisine. Pablo enfourche sa moto, quitte le village, et roule sur la route surchauffée. Au Puget, il laisse son véhicule un peu à l'écart du village et continue à pied, empruntant l'ancienne voie qui conduisait à la maison du Fada grignotée par les genévriers et les arbustes. Il n'en reste qu'un sentier hérissé d'épines. Pablo s'assoit sur une pierre plate qui conserve les traces de l'incendie. Devant lui, à droite, le Pas de la Graille qui forme un léger affaissement dans le mur de la montagne et, un peu plus loin, le haut Signal de Lure, blanc de neige dès la fin octobre. Pablo connaît tous les sentiers qui mènent à ces montagnes escarpées, où les rochers roulent à la moindre pression et où le ciel emprisonne la terre sous ses lourds nuages. Un soir, avec Gaëlle, ils s'étaient laissé surprendre par un de ces violents orages de montagne qui allument des incendies dans la garrigue. Ils s'étaient abrités dans une sorte de grotte, serrés l'un contre l'autre, tremblants. Et puis le tonnerre s'était éloigné, ils étaient trempés et heureux.

La maison du Fada n'est plus qu'un tas de pierres noires entre lesquelles poussent des ajoncs et des ronces. Pablo en reconnaît vaguement la forme. Le grand escalier central est resté debout et ses marches de marbre disjointes se perdent dans un fourré d'églantiers. Le parc a cédé la place à une végétation sauvage avec, par endroits, des essences rares que le propriétaire avait fait venir de Marseille. La présence d'Adrien est sensible, palpable. Ces ruines sont à son image, à sa démesure ; Pablo ne serait pas surpris de voir surgir sa haute silhouette devant lui, son visage autoritaire sous l'ombre de son chapeau. On a dit que la foudre était à l'origine de l'incendie en juillet 2017. Pablo a toujours pensé que le propriétaire, fréquemment hospitalisé, y avait mis le feu.

Il contemple les montagnes bleutées à la lumière éblouissante de cette journée torride. La vie ne peut s'accrocher à ces pentes qu'avec de grosses griffes. Il ne pleut presque jamais, mais quand les orages apparaissent, le déluge noie tout. Il faut avoir le bois dur de l'aubépine et du buis pour résister. Des hommes acharnés ont pu domestiquer les minuscules champs escarpés où la terre est maigre et les prairies à peine suffisantes pour quelques chèvres qui se contentent des branches basses des épineux. C'est le domaine des vipères et des frelons, le renard malfaisant pille les poulaillers, les sangliers dévastent les potagers. Autrefois, les vautours nettoyaient la campagne de cette Provence hostile que l'on oublie au profit de l'autre, la riante, celle de Pagnol et de ses souvenirs d'enfance…

A cet instant, Pablo pense à ces soirées d'hiver dans la grande maison. Maria apportait les tisanes au coin du feu. Dehors il faisait froid, Adrien contemplait les flammes en silence.

Maria posait les tasses et s'asseyait un peu en retrait. Adrien n'avait jamais caché à Pablo qu'elle était sa mère, mais tout petit déjà, intimidé par cette femme toujours vêtue de noir et silencieuse, l'enfant avait pris l'habitude de l'appeler Maria. Elle n'avait jamais protesté, considérant que la place de

Pablo était auprès d'Adrien. Avec lui, rien de mal ne pouvait arriver.

A onze ans, Pablo était allé au collège à Saint-Etienne-des-Orgues. Il prenait le car le matin et rentrait le soir. Adrien n'avait pas accepté qu'il soit interne comme les autres enfants des environs. L'hiver, quand le car ne passait pas, il allait le chercher avec son énorme véhicule 4 × 4 qui faisait dire aux gens que le Fada voulait se montrer.

Pablo sursaute, se tourne vivement. Des brindilles ont craqué derrière lui. Gaëlle est là, essoufflée et le visage rouge. Il se dresse et bredouille :

— Gaëlle ?

Elle est là, immobile, le regard fixé sur Pablo, puis inspire profondément.

— Je voulais te voir de près !

Elle fait un pas en direction du jeune homme. Elle prend conscience de son acte insensé.

Quel démon l'a poussée dans le sentier quand elle a vu la moto au bord de la route ? Une autre Gaëlle enfouie au fond de son être depuis des années a brusquement surgi, décidée. Elle n'a pas écouté la voix profonde qui l'avertissait du danger, elle a marché, comme un automate, sourde et aveugle, cédant à d'anciennes habitudes. Tout à coup, l'image de ses deux filles s'impose à son esprit. Alors, elle fait demi-tour et s'enfuit. Pablo n'a pas le réflexe de la rattraper.

Elle manque tomber sur les cailloux qui roulent sous ses pas. Essoufflée, elle court jusqu'à sa voiture garée dans un renfoncement pour que personne ne la voie. Elle s'assoit au volant, ferme la porte qu'elle verrouille et reste un instant, la tête basse, le cœur battant. Que vient-elle de faire ? Tout à l'heure, chez le notaire, Gaëlle était hors du temps. Son corps était là, sur la chaise à côté de Pablo dont elle sentait la proximité brûlante, mais son être était ailleurs, dans une nuit sans fin où les sentiments n'existent pas. Le notaire parlait, elle entendait sa voix lointaine, un murmure dont elle ne comprenait pas le sens. Les protestations de sa mère l'atteignaient comme des coups de fouet. Elle revoyait un enfant qui s'accrochait aux pas d'Albert et partait avec lui dans la garrigue… Et puis elle entendait comme en écho la dernière parole d'Adrien qui pleurait dans ses bras.

Une fois dehors, la jeune femme a aperçu Pablo sur sa moto. Elle a regagné sa voiture sans un mot à sa mère qui a deviné. Elle était censée aller à son travail, mais l'autre Gaëlle, la sournoise, la folle qu'elle contraint au silence depuis tant d'années ne s'est pas laissé faire. Et au croisement, au lieu de revenir à la mairie de Peyruis, elle a pris la direction du Puget… Elle démarre et s'éloigne au hasard de la route. La voilà en face d'un mur qu'elle ne peut pas contourner. Le retour de Pablo la condamne.

Une fois chez Jacqueline, Pablo annonce qu'il va rester encore un jour ou deux. Puis il demande :

— J'ai vu Pierre Bertin. Son père est dans quelle maison de retraite ?

— A Ongles. Il a du mal à marcher. Comme son fils ne peut pas s'en occuper, que sa belle-fille travaille à Saint-Etienne-des-Orgues et a quatre enfants, il a dû partir.

Albert Bertin était le seul Pugetois à fréquenter régulièrement la maison du Fada. Pablo l'accompagnait à la chasse et à la pêche. Grâce à lui, il a perçu l'âme de ces montagnes. Avec lui, il a parcouru les pentes et les vallées à la recherche du lièvre ou du coq de bruyère. Il a appris à poser les pièges, et les filets dans la rivière. C'est ce contact avec la nature, ce lien intime avec le pays de Lure qui lui a manqué à Madrid.

Après le déjeuner, Pablo se rend à Ongles. La montagne vibre, semble se gondoler sous les vagues du vent brûlant. Après l'Hospitalet, il fait une pause au fond de la vallée. Le pont en pierre enjambe un torrent où il venait pêcher les truites. Il s'arrête à l'ombre et descend par le sentier qui existe toujours à côté de l'antique pile en pierres taillées. Il écarte les hautes herbes aux larges feuilles et regarde longuement le ruisseau. Là, par ce côté, en glissant ses mains près du sable il pourrait peut-être trouver un poisson caché… Et puis, plus haut, dans le gour, il y a sûrement quelques anguilles ! Mais ce qui l'étonne, c'est que la petite cuvette où l'eau stagne est sans vie. Autrefois, des centaines de vairons folâtraient dans la lumière dorée. Il soulève un galet à la recherche d'insectes, mais il n'y a rien, pas le moindre portefaix. Il a tout à coup l'impression que ce monde est mort. Il s'éloigne très vite, fuit cette catastrophe invisible.

La maison de retraite est un bâtiment neuf, un peu en retrait du village. Il salue les vieux assis sur des bancs à l'ombre de grands tilleuls, des hommes insensibles à la chaleur qui ont gardé leur veste, des femmes au regard sombre. L'arrivée d'un visiteur est toujours un événement pour ces gens que le monde oublie. Ils l'accompagnent des yeux jusqu'à ce qu'il entre dans le bâtiment. Il demande à voir Albert Bertin. La femme qui le conduit dans le couloir, vêtue d'une blouse blanche, ouvre une porte sans frapper.

— Monsieur Bertin, de la visite pour vous !

Il fait une chaleur torride dans cette petite pièce.

Albert Bertin, assis sur un fauteuil, ouvre lentement les yeux.

— C'est pas possible ! s'étonne-t-il d'une voix tremblante de vieillard.

— Mais si, Albert, vous me reconnaissez ? fait Pablo en lui prenant la main tendue.

— Si je te reconnais ! Mais tu n'as pas changé, ou si peu ! Ah si, tu n'as plus de cheveux, mais ça te va si bien que ça ne se voit pas. Quel âge tu as ?

— Trente et un ans !

Albert baisse les yeux. Les larmes roulent sur ses joues fripées. Il s'essuie avec un mouchoir blanc posé sur une tablette à côté d'un verre d'eau. Une odeur désagréable de vieux vêtements, de sueur sèche, de saleté incommode Pablo.

— Pardonne-moi, dit-il en retenant un sanglot. Cela fait si longtemps que personne n'est venu me voir, et il a fallu que ce soit toi !

— Il fait chaud ! Vous seriez mieux à l'ombre sous les arbres ! dit Pablo.

— Oui, mais je peux plus marcher et il n'y a pas assez de monde pour faire tout le travail.

Pablo aussi est ému face à ce vieillard incapable de marcher, qui autrefois parcourait les collines avec la même aisance qu'un animal sauvage.

— Assieds-toi, dit Albert en lui montrant la seule chaise disponible. Tu peux pas savoir combien ta visite me fait du bien.

— Moi non plus, Albert, je n'ai rien oublié. Et

puis, en venant, je me suis arrêté à la Largue, au pont sur la route d'Ongles.

— C'est la fin du monde ! soupire le vieux braconnier en soulevant ses mains dans un geste fataliste. Heureusement que je vais mourir. On a tout cassé ! Mais dis-moi, tu es venu pour le testament d'Adrien ?

— Oui. Comment vous le savez ?

— Pierre, mon fils, m'en a parlé. Il était convoqué, lui aussi. Adrien n'était pas un mauvais homme. Ils l'ont tant fait souffrir quand il était gosse ! Son père en premier ne le supportait pas. A cause de sa hanche. Tu sais ce qu'on dit sur la famille des Noyers ?

— La malédiction ! Oui, j'en ai entendu parler comme tout le monde. Mais je suis médecin et je sais que la malédiction n'y est pour rien.

— Tu es médecin ? Ah bon ! Alors, tu penses que ça vient des mariages entre cousins proches ? Mais c'était pas une raison pour faire souffrir ce pauvre Adrien avec sa hanche de travers. Quand il est revenu, tout droit et fier, ils ont été bien mouchés ! Mais tu crois qu'il avait besoin de donner cette propriété à Pierre ? Ce que j'ai fait, c'est parce que c'était mon devoir et je ne demandais rien en retour.

D'une main tremblante, Albert verse un peu d'eau dans son verre, boit lentement ; un filet de liquide coule le long de la peau fripée de son cou.

— Bien sûr, bien sûr, répète le vieux à court de

parole. Les gens d'ici sont malfaisants. Tu te souviens comme les frères Barraut te faisaient souffrir ?

— Oui, mais sans eux, je n'aurais probablement pas appris à me défendre, répond Pablo.

— Je savais que tu allais revenir au Puget, mais je ne pensais pas que tu aurais l'idée de me rendre visite. Au fond, c'est mieux de partir comme Adrien. Moi, je n'en finis pas. Depuis longtemps, on m'a oublié, c'est pire que d'être mort. Si je pouvais marcher…

Pablo ne sait pas comment aborder le sujet qui le préoccupe. Finalement, il décide de poser la question sans tergiverser :

— Qu'est-ce que vous pensez de Cecilia ? Adrien dit qu'on l'a tuée !

— C'est ce qu'il a toujours cru. Mais c'est pas possible. Cecilia est arrivée comme elle est partie, en coup de vent. Adrien semblait fort comme ça, mais c'était un doux, un sentimental. Quand cette fille s'est approchée de lui, il n'a pas su lui résister. Il n'était plus tout jeune et ça le flattait sûrement, mais pas uniquement. Il l'aimait avec toute la force d'un homme qui n'est jamais tombé amoureux de sa vie. Et puis, elle jouait si bien de l'orgue !

— Vous pensez qu'Adrien n'avait pas raison ?

— Les gens du Puget ne sont pas des criminels. Adrien et Pierrette se détestaient. C'était comme ça et on n'y pouvait rien. Sûr qu'elle lorgnait l'héritage du Fada pour sa fille, vu que Gaëlle a épousé ce grand dadais de Tom.

La pensée de Gaëlle, surgie au bout du sentier,

s'impose à l'esprit de Pablo et le laisse un instant hésitant, loin de cette salle d'attente de la mort. Il inspire et insiste :

— Albert, on se connaît bien tous les deux. Vous m'avez appris le langage de la montagne et je vous en suis reconnaissant. Vous étiez l'ami d'Adrien, alors il faut me parler franchement. Dites-moi ce que vous savez sur la disparition de Cecilia.

— Je suis vieux et j'ai la tête de travers, alors ne tiens pas compte de ce que je pourrais raconter !

Pablo se dirige vers la porte, Albert l'arrête :

— Ecoute le vieux briscard que je suis. T'occupe pas de ça !

— Qu'est-ce que vous voulez dire ?

— Rien de plus ! J'ai la tête de travers...

Pablo s'éloigne. Dans le couloir, il sourit à une dame qui pousse un chariot plein de tasses de café, et sort dans la fournaise. Les vieux lui sourient de nouveau. Il reviendra. Albert est un homme de la montagne et ne parle jamais trop hâtivement. A sa prochaine visite, Pablo demandera un fauteuil roulant et l'emmènera en promenade.

Il rentre au Puget. C'est l'heure du dîner. Le couvert est mis sur la longue table. Victor et Jacqueline l'attendent.

— Te voilà riche à présent ! Qu'est-ce que tu vas faire de cette fortune ?

— Je sais pas encore.

— Bah, c'est pas l'argent qui rend heureux, mais

en avoir n'est pas désagréable non plus ! conclut Jacqueline.

Pablo se contente de répondre évasivement, puis la conversation dévie sur la pollution. Il évoque le temps pas si lointain où les rivières regorgeaient de poissons et les forêts de gibier.

— Il n'y a plus rien ! s'emporte Victor. Pourtant, on n'utilise pas de pesticides, mais il faut croire que le vent apporte les merdes des autres et qu'on en crèvera.

A la fin du repas, Pablo monte dans sa chambre et ferme la porte pour résister à l'envie d'aller se promener sur la route à côté de chez Gaëlle.

Et puis, tout à coup, le roulement de l'orgue s'étale de nouveau sur la campagne, vole au-dessus des collines, puissant. C'est la même musique que la veille avec toujours les mêmes étrangetés, des trous dans la mélodie, comme s'il manquait toujours la même note. Pablo sort précipitamment. Les gens se rassemblent sur la place devant l'église. Les visages contractés se tournent vers lui.

— C'est bien votre orgue ? Alors, faites-le taire !

— Vous en faites pas, il va s'arrêter.

En effet, la musique s'interrompt au bout de quelques minutes. Le silence revient avec une force écrasante. Les gens sont un peu perdus, comme s'ils ne touchaient plus terre. Charmés et offusqués à la fois.

— Il faut faire quelque chose ! s'énerve un villageois. On ne peut pas supporter ça tous les soirs !

— Je vais m'en occuper, le rassure Pablo.

— Si ça recommence, on y montera avec un bulldozer !

Un petit vent frais descend des montagnes, et les gens veulent profiter de la fraîcheur après la fournaise de la journée. Ils s'éloignent en commentant l'événement et la succession du Fada.

— Je vous dis que c'est Adrien qui joue ! jure la vieille Maurin en levant sa main aux doigts crochus. Il avait des secrets et son âme est toujours dans la chapelle. Il jouera jusqu'à ce qu'il sache ce qui s'est passé avec Cecilia !

Pablo s'est levé au jour. Le silence de la campagne, la douceur de l'air lui font du bien. Il sort sans bruit, et va marcher. Ses pas le ramènent toujours à la maison du Fada. Il n'a pas oublié son départ pour Madrid. C'était l'année du bac qu'il avait obtenu avec la mention bien. Il se préparait à entrer en médecine à Marseille. Ce jour d'août 2005 il avait passé l'après-midi dans les collines avec Gaëlle. Adrien l'avait invité à le suivre dans son bureau pour donner plus de solennité à son annonce.

« Demain tu pars à Madrid. Et tu ne remettras plus les pieds au Puget ! »

Pablo avait reçu le coup en pleine face. Il en était resté un moment sonné. Quelle lubie avait frappé Adrien ? Pourquoi éloigner Pablo des montagnes de son enfance et surtout de Gaëlle ?

« Je sais que cela te contrarie, avait ajouté Adrien. J'en ai beaucoup de peine, moi aussi, mais je ne peux pas faire autrement. Gaëlle n'est pas une fille pour toi et je veux te garder en vie. »

Quelles étaient les raisons du Fada ? Pourquoi serait-il plus en sécurité à Madrid qu'ici ? Pablo s'était insurgé :

« Mais qui peut m'en vouloir ? Je ne fais de mal à personne ! »

Adrien se frottait le menton du bout des doigts.

« Et puis, je l'ai juré à Maria, ta mère. Elle est née là-bas. Elle voulait te faire découvrir son pays, mais elle est morte avant. C'est aussi pour elle que je le fais. »

A l'évocation de Maria, Pablo n'avait pas eu la force de la colère. Il s'était effondré en larmes. Le désespoir de l'adolescent touchait Adrien qui pourtant n'avait pas cédé :

« Un jour tu comprendras ! Et puis, il faut que tu voies d'autres personnes. Tu ne peux pas épouser Gaëlle.

— Et pourquoi ? avait crié Pablo, fou de douleur.

— Tu ne dois pas mélanger ton sang avec celui de cette famille maudite ! »

Les larmes roulaient sur les joues de Pablo qui baissait la tête.

« Tu es la lumière de cette grande maison qui va beaucoup s'ennuyer sans toi », avait conclu Adrien.

La nuit tombait. Pablo était décidé : il passa dans sa chambre, fit un ballot avec quelques vêtements, prit son argent dans un tiroir de son bureau et sortit par la fenêtre qui donnait sur la cour. Il courut chez

Gaëlle, l'antique ferme des Noyers. Le chien, qui le connaissait, ne donna pas l'alerte. Pablo appela à voix basse la jeune fille, qui le rejoignit.

« Je ne peux pas vivre sans toi ! sanglota-t-elle, après les explications de Pablo.

— Alors, on s'en va, personne ne nous trouvera ! »

C'était la première fois qu'il désobéissait à Adrien. Ils s'enfuirent dans la nuit jusqu'à leur cabane dans la montagne pour décider ce qu'ils allaient faire. Ils s'étreignirent avec passion, se couchèrent à même le sol. Les barrières qu'ils avaient jusqu'alors respectées se brisèrent et ils firent l'amour pour la première fois avec fougue, comme s'ils devaient mourir aux premiers rayons du soleil. Les gendarmes les avaient trouvés le lendemain, endormis dans les bras l'un de l'autre. Adrien avait fait monter Pablo dans sa voiture, direction Madrid où ils arrivèrent le soir même. Tout avait été prévu : un grand appartement et une employée pour s'occuper du ménage, du linge et de la cuisine. Le lendemain, Adrien avait embrassé Pablo avec tendresse et lui avait soufflé à l'oreille :

« N'aie aucune crainte, je ne t'abandonne pas. J'ai quelques petites choses à régler au Puget. Je serai de retour après-demain. »

Pablo fit semblant de se résigner. Rien ni personne ne l'empêcherait de rejoindre Gaëlle. Il décida de laisser passer du temps avant d'agir. Deux jours plus tard, il recevait une lettre de rupture lui annonçant que la jeune fille ne voulait plus jamais le revoir, que tout était définitivement terminé entre eux. Désespéré,

Pablo avait eu envie de mourir. Adrien, qui était de retour, ne le quittait pas. L'amour réel que le Fada lui portait avait sauvé l'adolescent de l'abîme et il se consacra à ses études avec la force du désespoir.

« Maria serait contente de te voir dans cette ville qu'elle aimait tant. »

La seule évocation du bonheur de sa mère mettait un rayon de soleil dans l'âme de Pablo. Il avait la certitude qu'elle s'était sacrifiée pour lui, il devait vivre pour elle !

Le dévouement d'Adrien touchait beaucoup Pablo car le Fada s'ennuyait à Madrid, mais il plaçait l'avenir du jeune homme avant tout. Parfois, il se lançait dans une explication, toujours la même, pour justifier sa décision et peut-être pour se convaincre lui-même qu'il avait eu raison.

« Avec Gaëlle, tu ne pouvais avoir que des enfants mal faits ou aussi tarés que mon frère Daniel. C'est pour ça qu'il faut que tu l'oublies, même si c'est très dur. Et comme tu ne l'épouseras jamais, tu es en danger au Puget. Pierrette porte le crime en elle. Je me souviens comme elle jubilait quand on égorgeait le cochon. A onze ans, quand on pleure la mort d'un petit oiseau, elle étouffait les pigeons avec une jouissance qui se lisait dans ses yeux. C'est ainsi que le sang des Noyers s'exprime chez elle. Je suis sûr qu'elle t'aurait tué parce que tu aurais empêché Gaëlle d'hériter de mes biens. »

Même s'il n'oubliait rien, Pablo avait fini par se faire une raison et la jeunesse avait semblé prendre le dessus. L'éloignement du Puget avait resserré ses liens avec Adrien et il se permettait des questions restées jusque-là sans réponse.

« Pourquoi tu nous as recueillis, Maria et moi ? »

Adrien inspirait profondément et posait sa main sur l'épaule du jeune homme dans un geste qui lui était habituel quand il cherchait ses mots.

« Parce que tu es le fils que je ne pouvais pas avoir, parce que moi aussi, j'ai le sang pourri des Des Noyers. »

Pablo aurait voulu le serrer dans ses bras, mais c'était un geste impossible. Adrien était si distant, si hautain ; on ne l'embrassait pas, on ne le touchait pas ; il avait la poignée de main rare.

« Un jour tu connaîtras la vérité.

— Pourquoi pas tout de suite ? Il y a quelque chose que je ne dois pas savoir ?

— Tu peux tout savoir, mais ce n'est pas le moment », avait tranché Adrien de cette voix qu'il savait rendre autoritaire.

Quatre années s'écoulèrent. Gaëlle s'était mariée avec Tom Machaud et Adrien qui faisait le va-et-vient entre Le Puget et Madrid insistait pour que Pablo rencontre des jeunes gens de la bonne société espagnole.

« Il faut que tu prennes du bon temps ! » répétait-il en multipliant les soirées où de superbes filles se pressaient autour du jeune homme à héritage.

Mais Pablo restait de marbre. Adrien savait bien que Gaëlle occupait encore ses pensées, qu'il en souffrait, mais espérait qu'avec le temps, il tournerait la page.

Quand Pablo obtint son diplôme de médecin, Adrien acheta un rez-de-chaussée dans un magnifique immeuble du centre de Madrid où fut installé le cabinet. Le jeune homme s'investit entièrement dans son travail et Adrien pensait que c'était le début d'une renaissance. Aussi espaçait-il ses visites.

En 2014, Cecilia entra dans sa vie. Cette infirmière de vingt-sept ans, pleine de vie et qui ne pouvait rester en place, dépensait beaucoup en babioles et Adrien ne savait rien lui refuser.

Auprès d'elle, l'homme de fer qu'on connaissait au Puget était comme un chien rampant qui ne savait quoi imaginer pour satisfaire les moindres caprices de sa belle. Les gens du Puget avaient bien compris que l'Italienne n'avait d'autre intention que de lui ramasser sa fortune avant de disparaître.

Pablo se rend à la chapelle Sainte-Féréole afin de comprendre par quel mécanisme l'orgue peut jouer chaque nuit. Il entre dans l'ombre fraîche de la petite bâtisse dont on dit ici qu'elle fut construite en 1349 après l'apparition de la sainte pour avertir les gens d'une épidémie de peste dans les basses terres. Ainsi l'épidémie avait-elle beaucoup tué à Digne-les-Bains, Aix, Salon-de-Provence, Marseille, épargnant la montagne de Lure. Les pauvres bergers qui peuplaient ces contrées avaient trouvé de quoi construire cette modeste chapelle en guise de reconnaissance.

Pablo ouvre une porte basse sur le côté qui permet d'accéder au mécanisme de l'instrument et découvre rapidement la batterie et le fil qui amène l'électricité à un transformateur. Ce mécanisme est couplé à une autre boîte électronique qui commande le fonctionnement de l'orgue. Le dispositif ressemble à celui d'un orgue mécanique avec des cartons perforés. Mais pourquoi cela ? Pourquoi ce système a-t-il été réglé pour que l'orgue se manifeste la veille et le jour de l'ouverture de son testament ? Pour rappeler aux habitants du Puget qu'Adrien est toujours présent ?

Pablo débranche le système automatique de l'orgue et relie le moteur des soufflets à la batterie. Il s'installe au clavier et choisit un registre léger de sorte qu'une fois la porte fermée, on ne l'entende pas au village. Puis il commence à jouer la pièce entendue les deux nuits précédentes, ce prélude de Bach qu'il connaît par cœur. Au bout de quelques mesures, il découvre que la touche de *fa* ne fonctionne pas. C'est cette note qui manquait les nuits précédentes. Et ce n'est pas un hasard...

Pablo retourne à l'intérieur de l'instrument, et démonte le tuyau qui doit produire la note. Il en extrait une sorte de cahier, dissimulé à cet endroit pour que lui seul le découvre.

Le jeune homme a du mal à ouvrir le cahier resté dans le tuyau depuis deux ans. Il parvient cependant à lisser la première page remplie de l'écriture filiforme d'Adrien, difficile à lire.

En s'éclairant avec la lampe de son téléphone, il réussit à déchiffrer :

Mon cher Pablo,

Voici la liste des entreprises dont je suis actionnaire principal avec les organigrammes, les bilans, bref, tout ce qui te sera nécessaire si tu décides de les reprendre. Je préfère t'en parler de cette manière, le notaire Lebay est beaucoup trop bavard et incapable de garder un secret professionnel. Tout est là, mais tu devras contacter Me Garrigues, avocat fiscaliste à Paris qui a géré l'ensemble de mes biens pendant mon absence.

Suivent des pages de tableaux, de chiffres, de noms reliés par des flèches. Pablo s'apprête à refermer le cahier, quand sur la dernière page, il trouve un texte manuscrit.

Tu dois connaître mon histoire. Je suis né ici, au Puget, le 15 octobre 1952. Les des Noyers étaient les anciens propriétaires du village. Il ne leur restait presque rien, de quoi faire paître quelques chèvres, deux vaches et un âne. Mon père ne cessait de parler des origines nobles de notre famille. Les des Noyers se considéraient comme bien au-dessus des autres et, pour ne pas salir leur sang, se mariaient entre cousins. Aussi tous étaient-ils plus ou moins éclopés. Moi, j'étais déhanché. Ma sœur Pierrette, née onze ans après moi, en 1963, a apparemment échappé à la malédiction, mais c'est un monstre sanguinaire.

Au village, j'étais le souffre-douleur des jeunes de mon âge et des adultes qui s'amusaient à mes dépens. A dix-sept ans, sans rien dire à personne, je suis parti, je me suis évanoui dans la nature. On a pensé que j'étais mort, tombé dans quelque ravin. Il y a eu des battues. Les gendarmes ont fait une enquête qui n'a, évidemment, rien donné. On s'est habitué à mon absence comme si je n'avais jamais existé.

Un bruit attire l'attention de Pablo. Il se glisse sans bruit jusqu'à la petite porte, le cœur battant, car il espère que Gaëlle, découvrant sa moto au bas du sentier, est montée jusque-là. Mais non, c'est le petit garçon au bermuda rouge qu'il a déjà vu détaler la veille.

Curieux d'en savoir un peu plus sur les intentions d'Adrien, Pablo branche de nouveau la batterie au boîtier électronique et sort de la chapelle. Le sentier rejoint la route du bourg à un endroit qu'il connaît bien : entre les arbres, il aperçoit la maison de Mélanie Sorbier, maison qui lui appartient désormais. Placé au flanc de la colline, cet antique corps de ferme a été restauré et ne manque pas de charme. Les abords du bâtiment abandonné depuis le départ de Mélanie sont envahis de ronces et d'arbustes. L'allée qui conduit à l'entrée disparaît sous les orties. Pablo fouille dans la sacoche de sa moto et en sort le trousseau de clefs que lui a remis le notaire. Après en avoir essayé plusieurs, il ouvre la porte. L'intérieur sombre sent la poussière et les vieux vêtements. Pablo pousse les volets, et l'été pénètre dans cette pièce restée bien rangée, telle que la vieille Mélanie l'a laissée avant de partir à la maison de retraite où elle est morte peu de temps après.

Pablo visite les autres pièces, les aère et décide de s'y installer le temps de son séjour au Puget. C'est un lieu de vacances idéal et discret. Il va prévenir Amanda pour lui demander de s'excuser auprès de ses patients.

Il s'assoit sur une chaise près de la table. La présence de Mélanie est encore sensible dans cet intérieur. Une casserole a été oubliée sur la cuisinière, le balai et la petite pelle à poussière sont près de la porte, le torchon à vaisselle est pendu à la poignée du four. Enfant, Pablo rendait de fréquentes visites à la vieille femme qui le gâtait. La maison n'avait pas encore été restaurée et la cuisine sombre de suie était tellement accueillante ! Mélanie faisait de si bonnes gaufres !

« Pourquoi tu n'as pas eu d'enfant ? lui avait-il demandé un jour.

— Parce que Dieu a estimé que je n'étais pas assez bonne pour ça ! »

Mélanie avait passé sa vie ici avec Léonard, son mari. L'ancien propriétaire avait voulu les chasser, alors Adrien avait racheté la ferme en la payant deux fois sa valeur.

« Je prie pour lui tous les jours », ne cessait de répéter Mélanie

Dans la chambre, il s'approche de la grande armoire fermée. Le grincement de la porte rappelle à Pablo le premier janvier quand la vieille femme allait chercher une pièce pour ses étrennes. Dans le tiroir de la table de nuit, un paquet de bonbons à l'anis est toujours là. Mélanie était gourmande et s'accordait ainsi de petits plaisirs qu'elle considérait comme des péchés, et elle en demandait pardon à Dieu chaque dimanche à la messe.

Il sort de nouveau. Le soleil descend à l'horizon. En contrebas, il voit les toitures du Puget et l'église qui pointe son modeste clocher. Il a l'impression de se retrouver lui-même, de redevenir le Pablo qu'il était avant ses années espagnoles.

Il enfourche sa moto et se rend chez Jacqueline pour lui annoncer qu'il va s'installer dans la maison de Mélanie.

— L'électricité a été coupée et c'est plein de poussière. Vous ne connaissez pas quelqu'un qui pourrait venir faire le ménage ?

— T'en fais pas, répond Jacqueline avec un sourire engageant, je vais y aller. Ça me fait plaisir que tu décides de rester ici. On a besoin d'un médecin.

— Je n'ai pas dit que j'allais m'installer au Puget ! réplique Pablo. Je veux seulement rester quelques jours pour régler mes affaires.

— Je vais aller passer l'aspirateur. J'en ai un qui fonctionne avec une batterie. Et en attendant que tu aies de l'eau chaude, tu pourras venir te doucher ici.

Pablo remercie, étonné par la prévenance de cette femme dans un village où les gens semblent se méfier de lui.

— Adrien nous a dépannés quand on a voulu faire aménager la maison en chambres d'hôtes. Ça vaut bien ça ! précise-t-elle.

Il retourne chez Mélanie, s'assoit sur un rocher plat et écoute la rumeur des collines. Les cigales se sont tues, comme elles le font parfois, arrêtées par on ne sait quel signe. Un léger vent souffle des sommets vers la lointaine plaine qu'on aperçoit, bleutée et imprécise, tel un morceau de ciel étalé au pied des montagnes.

Jacqueline arrive, ouvre le coffre de sa voiture et en sort un aspirateur.

— J'en ai pas pour longtemps. Je suis sûre que c'est encore très propre. Mélanie était assez maniaque.

Pablo entend le bruit de l'aspirateur qui se mélange aux crissements des insectes. Un cri le fait sursauter, aigre, une voix d'enfant qui vient d'une maison en contrebas, construction nouvelle, malgré tout bien intégrée au hameau avec ses tuiles romaines et ses murs en pierre du pays.

— Je te déteste !

Pablo voit surgir du sentier le petit garçon au bermuda rouge qui vocifère et fait des gestes agressifs avec ses bras. Pas très grand, les cheveux en broussaille, il se tourne vers la vallée et crie encore :

— Tu n'es qu'une rien du tout !

Il aperçoit Pablo, se raidit, braquant sur l'homme ses yeux de chat en colère.

— Eh bien, qu'est-ce qui te prend ? Pourquoi tu parles comme ça ? Ce n'est pas bien !

— Et vous, qu'est-ce que vous faites là ?

— Réponds-moi, à qui tu parles aussi mal ?

— A ma mère qui l'a bien mérité !

— Comment tu t'appelles ?

— Ça vous regarde pas !

Il veut s'enfuir, mais Pablo le retient par le bras.

— Lâchez-moi ! crie-t-il en se débattant.

— Je t'ai demandé comment tu t'appelles.

— Jules. Jules Blaveau, c'est pourri comme nom. Vous, je sais que vous êtes Pablo, le fils du Fada ! Un Espagnol, un étranger !

— Qui t'a dit ça ?

— On ne parle que de vous !

— Et toi, qu'est-ce que tu fais ici ?

— Ça ne vous regarde pas !

— C'est pas une manière de parler pour un gamin de dix ans !

— J'ai onze ans et quatre mois !

L'enfant détale. Pablo le regarde courir entre les arbustes. Il a l'impression de voir sa propre silhouette au temps où il venait chez Mélanie. Le bruit de l'aspirateur s'est tu depuis un moment. Jacqueline sort, range ses balais à poussière dans le coffre de sa voiture et dit à Pablo :

— J'ai fait un lit. Celui de la chambre qui donne sur cette cour. J'ai apporté des draps puisque ceux de l'armoire sont moisis.

— C'était pas la peine ! proteste doucement Pablo.

— Il faut bien que tu dormes, non ?

— Je passerai vous payer ce soir ou demain !

— T'occupe pas de ça ! Ce qui me fait plaisir, c'est que cette maison retrouve un peu vie. Y en a marre des maisons fermées qui tombent en morceaux !

Jacqueline monte dans sa voiture et s'éloigne. Une jeune femme a assisté à la scène à l'ombre du vieux tilleul. Très brune, ses beaux cheveux bouclés roulent sur ses épaules nues. Elle a peut-être un peu plus de trente ans. Elle braque sur Pablo ses grands yeux pleins de lumière.

— Bonjour, je suis Agathe, la mère de Jules, dit-elle enfin. J'habite la maison en contrebas.

Puis elle ajoute :

— Vous ne pouvez pas me connaître. Je suis arrivée longtemps après votre départ. Je suis professeur de français à Saint-Etienne-des-Orgues. C'est pas facile en hiver, mais en cette saison, la montagne est si agréable. Vous allez rester ici longtemps ?

— Je ne sais pas, répond Pablo.

— On parle beaucoup de vous au village. J'ai bien connu Cecilia.

— Ah bon ? fait Pablo tout à coup intéressé.

— Nous étions vaguement amies. Les gendarmes m'ont interrogée après sa disparition.

— Et qu'est-ce que vous leur avez dit ?

— Qu'elle était très bavarde, mais ne disait rien d'important. Elle me parlait de sa famille en Italie. Je ne comprends pas non plus qu'elle ait disparu sans laisser d'adresse. Elle avait sûrement ses raisons !

— Sûrement ! murmure Pablo, pensif.

— Oui, les gens étaient jaloux, mais Cecilia n'avait pas peur. L'avait-on menacée ? Je ne sais pas. La famille de M. Adrien ne supportait pas que cette traînée, comme disait sa sœur Pierrette Pujols, lui vole sa fortune.

Intrigué, Pablo prend le temps de regarder sa voisine. Il la trouve très élégante avec son petit corsage beige, sa longue jupe qui laisse deviner la forme de ses hanches.

— Vous pensez que Cecilia a pu être tuée ?

— Je n'en sais rien. Moi, je suis une étrangère. Mon mari et moi avons acheté la maison avant la naissance de Jules, en 2008, et nous n'avons pas été acceptés. Depuis que je vis seule, c'est pire. On me considère comme une fille légère. Les gens d'ici n'aiment pas les étrangers...

— Vous vivez seule ? Vous devez vous ennuyer !

— Fabrice, mon ex, est à Marseille, il prend Jules de temps en temps, mais ce garnement n'aime que ses montagnes.

Puis passant du coq à l'âne :

— Cecilia était très amoureuse du Fada, ça je peux vous l'affirmer parce qu'elle m'en a souvent parlé. Alors, je ne comprends pas qu'elle se soit enfuie peu de temps après son mariage.

— J'ai connu Cecilia, avoue Pablo. Et comme vous, je ne comprends pas.

Il pense aux parents de Cecilia, des gens simples, présents au mariage. Comme ils ne parlaient pas un mot de français, les convives ignoraient ces Italiens qui étaient restés entre eux. Pablo regrette de ne pas leur avoir prêté plus d'attention.

— Les gendarmes ont considéré qu'elle avait de bonnes raisons de s'enfuir. Et l'affaire en est restée là. M. Adrien a remué ciel et terre, il a engagé un détective privé, pour rien. Au fait, c'est vous qui avez joué de l'orgue ce matin ?

— Oui, pourquoi ?

— Parce que j'ai trouvé ça très beau.

Jules arrive, essoufflé. Il prend la main de sa mère et l'entraîne dans le chemin. La femme se laisse emmener en souriant à Pablo qui reste un long moment indécis. Derrière le raffut des cigales qu'on finit par ne plus entendre, il perçoit le souffle de la montagne.

Ce soir, à la mairie, la réunion du conseil municipal aura expédié l'ordre du jour. Stéphane Poulin, le maire, à côté de son premier adjoint, Gaspard Mongeron, commerçant à Marseille, écoute les conseillers bavarder de ce qui les préoccupe au plus haut point : le retour de l'Espagnol et l'ouverture du testament d'Adrien des Noyers.

— Sierra est désormais un gros propriétaire de la région, annonce Mongeron. Paraît qu'il veut relancer l'idée du festival autour de l'orgue avec la construction d'un hôtel, d'un village de vacances. On n'a pas fini d'être dérangés !

— Notre argumentaire est simple, déclare le maire, notre région doit être préservée de toute pollution. Elle est si fragile ! L'arrivée massive de touristes lui serait fatale.

Pierrette Pujols ne cache pas sa pensée :

— Mon frère a toujours été un emmerdeur et il le reste après sa mort.

— Vous en faites pas ! fait Mongeron avec un sourire entendu, je connais du monde !

Ils se séparent. De retour chez elle, Pierrette s'approche de la maison neuve de Gaëlle. Elle ralentit le pas en passant devant la fenêtre ouverte. Gaëlle l'aperçoit et la rejoint. Les deux femmes font quelques pas en silence. Entre elles, l'atmosphère est lourde. Toutes les deux pensent à Pablo.

— J'espère qu'il va vite repartir. Il n'a plus sa place ici ! jette Pierrette d'un ton plein de colère.

Gaëlle se tait. Les cailloux roulent devant ses chaussures qui raclent le chemin.

— Tu ne réponds pas ? poursuit Pierrette. Il va rester là pour te narguer !

La jeune femme pousse un grognement et s'éloigne à grands pas. Une porte claque. Pierrette a compris à l'attitude de sa fille que rien n'est fini et qu'elle devra être vigilante pour éviter le drame qu'elle pressent.

Pablo prend le frais devant la petite maison. Les cigales se sont tues, remplacées par les grillons. Une chouette hulule au loin, des chauves-souris patrouillent dans la pénombre.

Quand il était enfant, Mélanie lui recommandait de ne jamais lever les yeux vers le ciel après le coucher du soleil.

« Les chauves-souris font pipi en volant et si le pipi tombe dans tes yeux, tu es aussitôt aveugle. »

Avec Charles Billot, un voisin de son âge, ils

poursuivaient ces drôles de volatiles en agitant une branche. Il leur arrivait parfois d'en toucher une et ils la récupéraient au sol avec précaution pour ne pas se faire mordre par ces animaux maléfiques à la tête de renard et aux dents acérées.

La fraîcheur tombe vite, même en plein été. Le petit Jules le rejoint, aussi silencieux qu'un chat. Pablo voit ses yeux pleins de lumière et sa silhouette se détacher devant un ciel clair où scintillent quelques étoiles.

— Qu'est-ce que tu fais là ? Ta mère va te chercher !

— Non, elle est chez une copine. Elle ne s'occupe pas de moi. Viens, je vais te montrer quelque chose.

Le gamin précède Pablo piqué par la curiosité.

— Où tu m'emmènes ?

— Tais-toi, tu vas les faire fuir.

Ils contournent la masse sombre d'une antique grange au toit démoli, et s'enfoncent dans un chemin clair entre deux remparts de taillis. Jules marche sans bruit, avec cette souplesse propre aux animaux chasseurs. A l'orée d'un bosquet de vieux chênes rabougris, l'enfant s'immobilise, mouille son doigt et le dresse devant lui pour prendre la direction du vent. Il fait un petit signe à Pablo et se cache derrière un amas de ronces, puis tend la main vers le sous-bois où Pablo distingue nettement des silhouettes bouger. Une laie fouille le sol. Un peu de lumière éclaire le poil dru de son dos. Ses marcassins sautillent en poussant des petits cris aigus. Tout à coup, la mère lève son énorme hure, pousse un grognement sourd. Les petits se rassemblent près d'elle et la famille s'éloigne rapidement dans un bruit de branches brisées.

— C'est parce que tu es là, souffle le gamin. D'habitude, elle ne s'en va pas, parce qu'elle me connaît.

— Tu n'en as pas peur ?

Il ricane.

— Moi ? Peur d'un sanglier ? Elle et moi on s'apprécie, fait-il, sûr de lui. Je l'ai sauvée une fois d'un groupe de chasseurs qui se trouvaient sur l'autre versant. Depuis, on est potes.

— Et tu as beaucoup d'amis comme ça ?

— Plein. Viens, je vais te montrer le terrier de Rita, mon renard. C'est une femelle. En ce moment, elle est occupée par ses quatre renardeaux. Et puis, il y a Basile. Un blaireau. Il pue, pire que la vieille Maurin, tu sais, celle qui habite à côté de l'ancienne poste. J'aimerais avoir un chien, mais maman ne veut pas.

— Elle a sûrement raison. Un chien demande du temps. Il n'aime pas rester seul. Il faut s'occuper de lui.

— Je sais. Mais avec un chien, on ferait une sacrée équipe. Tu aimes la chasse ?

— Non, je pense qu'il faut arrêter de tuer les animaux sauvages.

— T'es bien de la ville, toi ! Moi, j'adore, mais

pas avec un fusil. J'aime chasser comme le renard avec la ruse. Je pose des pièges et j'attrape plein de grives et de merles à l'automne.

— Qui t'a appris ?

Jules a un petit sourire ; le clair de lune allume son visage. Ses yeux brillent de malice.

— Le père Tronchet, tu sais, le garde de l'Hospitalet, il vient ici sous le prétexte de surveiller les animaux et de tuer les renards, les fouines et les putois, mais il braconne. Je l'ai vu plusieurs fois. Il se croit le plus fort, mais je suis plus malin que lui puisque je le suis et je regarde comment il fait pour poser les collets à lapins. Il a la braconne dans le sang, c'est comme moi et c'est bien.

— Tu te rends compte que tu fais du mal aux animaux !

Il ricane de nouveau. Faire du mal ? Cela a-t-il un sens dans ces montagnes où les faibles sont naturellement éliminés ?

— Tu m'amuses, toi. Tu crois que le renard se demande s'il fait du mal quand il mange une couvée de perdrix ?

Ils repartent dans la nuit qui s'épaissit lentement. Ils descendent une pente rapide où les cailloux roulent avec un petit bruit sec, atteignent le bord d'un torrent au bruit aérien et apaisant. Jules tend le bras vers un goulet où l'eau sombre tourne lentement avant de sauter dans une nouvelle cascade.

— Il y a une truite, grande comme ça ! Je finirai

bien par l'avoir. Mathieu m'a dit qu'il me donnerait vingt euros si je la lui apporte.

— C'est qui, Mathieu ?

— Mathieu Lestang, il travaille chez un géomètre à Châteauneuf. Il me prend des lapins et des grives. Ça me fait un peu d'argent parce que ma mère ne me donne rien. Regarde ce que je me suis acheté.

Il sort un harmonica de sa poche, le contemple un instant, et se met à jouer. Pablo reconnaît l'air de l'orgue, la nuit dernière, dépouillé de ses fioritures, de ses notes d'agrément, une mélodie toute simple et pure comme l'eau du torrent.

— Comment tu as appris cet air ? demande Pablo tout ému.

— Je l'ai entendu deux fois, ça suffit. Quand j'aurai assez de sous, je m'achèterai une guitare !

Ils s'éloignent du torrent et remontent une pente raide à travers la garrigue jusqu'à la chapelle du Fada.

— Dis, est-ce qu'il va jouer, l'orgue ? C'est ouf cette musique si forte en pleine nuit. J'adore !

— Allez, Jules, il faut que tu rentres chez toi, maintenant ! Il fait nuit.

— Mais tu me gonfles. Je fais ce que je veux !

— Ta mère va se faire du souci.

— Tu crois qu'on t'a attendu pour vivre ici ? Ma mère rentrera tard. Elle se fiche de moi !

— Mais tu sors toutes les nuits ?

— Viens, je vais te montrer autre chose.

— Un animal ?

— Un drôle d'animal, tu vas voir.

Il part devant dans un sentier clair entre les ajoncs. Jules a tout du félin et du reptile. Il rappelle Albert à Pablo, Albert qui marchait sans bruit et l'initiait à la vie secrète de la forêt. Ils franchissent un raidillon. Jules grimpe avec la facilité d'un lézard, rampant sur les rochers, plantant ses doigts dans les failles. De temps en temps, il se tourne, étonné que Pablo le suive avec autant d'aisance. Au sommet, le gamin exprime son admiration.

— Ben, toi, pour un étranger, tu te débrouilles bien !

— J'ai grandi ici, répond Pablo, j'ai couru dans la montagne comme toi.

— Aussi je me disais que pour un gars de la ville, tu savais marcher sans déranger les pierres qui roulent. Si tu veux, on peut faire équipe tous les deux !

Il s'est campé sur ses jambes et a parlé en gonflant sa voix d'enfant pour la rendre plus virile. Il sort son téléphone de la poche de son bermuda et en allume la petite lampe.

— C'est à toi, ce bel IPhone ?

— Oui, c'est ma mère qui me l'a acheté pour que je puisse l'appeler si j'ai besoin. Mais elle ne répond jamais. Viens voir.

Il dirige le faisceau lumineux sur le sol, se faufile entre deux rochers dressés comme des murs, puis s'arrête.

— Là, il y a un mort.

Pablo sursaute.

— Qu'est-ce que tu racontes ?

— Je te dis qu'il y a un mort enterré. Si tu veux pas me croire, reviens demain avec une pelle et une pioche.

— Comment tu as découvert ça ?

Le gamin fait un écart et éteint sa lampe. La lune qui est montée au-dessus des arbres prend le relais avec sa lumière jaune sans relief.

— C'était au printemps. Il me fallait des grives pour Mathieu. Quand elles nichent, elles sont très cons. J'étais venu ici parce qu'il y a un grand houx plein de graines rouges. Et j'ai vu quelqu'un apporter un sac et creuser un trou. Il a mis le sac dedans et a fait rouler les rochers. Tu penses bien que le lendemain, je suis venu voir. Dans le sac, il y a des os et un crâne d'homme.

— Tu as reconnu celui qui a apporté le sac ? demande Pablo très intrigué. Pourquoi tu n'es pas allé à la gendarmerie ?

— Parce que l'homme, je l'ai pas reconnu. Je crois pas qu'il soit d'ici.

Jules disparaît d'un coup. Il s'est effacé dans la lumière floue de la lune, laissant Pablo plein d'interrogations. Il n'a aucune raison de mettre en doute les affirmations du gamin. Mais pourquoi l'inconnu a-t-il transporté les os à cet endroit ? Où étaient-ils avant ?

Pablo rentre à la maison et se dit qu'il a encore oublié de demander à EDF de rétablir l'électricité.

Tant pis, il s'éclaire avec son téléphone, et va s'allonger sur le lit.

Ce qu'il attendait se produit. Le silence bascule L'orgue se met à sonner. Sa musique souveraine remplit la nuit. Ses accords caracolent dans une joute endiablée. Pablo traverse la cour. Des gens marchent dans le sentier. La vieille Maurin en tête dresse sa canne.

— Je vous l'avais dit que l'âme de M. Adrien est toujours là !

Personne ne proteste. Le groupe occupe peu à peu la place, tout à la musique qui cabriole autour d'eux, vivante, sensible comme une nuée de papillons colorés. L'esprit plein de sentiments indicibles, ils sourient, heureux

Et puis la musique cesse. On se regarde, on reprend pied dans la réalité. Comment est-ce possible ?

— C'est un miracle ! dit une femme.

— Les miracles n'existent pas ! assène son voisin.

— C'est quand même pas normal que ce soit aussi beau ! ajoute un autre. M. Sierra, vous ne croyez pas que...

— Je peux l'arrêter, si vous voulez.

Personne ne lui répond. Les gens regagnent le village en silence. Pablo est le dernier à s'engager dans le sentier. Devant lui une silhouette se dresse. La lune éclaire son visage et ses yeux sont pleins d'éclats brillants. En entendant la musique monter dans la nuit, Gaëlle n'a pas su résister à l'appel de l'orgue. Elle est sortie, happée par les accords qui s'accrochaient à elle, l'emportaient comme des oiseaux de lumière. Elle volait, Gaëlle, en marchant vers la chapelle Sainte-Féréole. Au sommet du sentier, elle s'est mélangée à ses voisins, le regard rivé sur l'homme debout, près de la porte, l'homme au crâne rasé qui souriait devant ce spectacle inespéré. Elle l'a regardé avec avidité, s'est rempli l'esprit de sa présence. Comme il ne la voyait pas, elle en a profité jusqu'à l'ivresse. Elle est repartie en trébuchant.

— Gaëlle ?

Pablo vient de prononcer son nom et sa voix ressemble à celle de l'orgue, lumineuse, dorée, aussi limpide qu'un vin de Provence. Elle voudrait prononcer son nom, murmurer « Pablo », ce nom sur ses lèvres a la saveur d'un bonbon. Mais la nuit a pris le dessus avec un vent frais qui descend de la colline. A cette heure, le poids de sa faute, son immense faute, la rend indigne de lui.

— Non, dit-elle, un cri qui tranche l'ombre comme une lame de rasoir.

Elle disparaît. Pablo reste un long moment immobile, en proie à des sentiments contraires qui le broient dans leurs mâchoires d'acier.

— Tu as entendu, comme c'était bien ?

Jules tourne autour du jeune homme, aussi léger qu'un papillon de nuit.

— Dis, tu crois que ça va continuer ?

— Je sais pas, répond Pablo d'une voix sourde.

De sa fenêtre, Pierrette voit Gaëlle passer dans le chemin, attirée par la musique de l'orgue comme un papillon de nuit par la lumière. Depuis l'ouverture du testament, la colère ne la quitte pas, mais comment éviter le drame qui se prépare ? Elle s'assure que le bruit n'a pas réveillé ses petites-filles qui dorment à l'étage et sort à son tour dans la nuit, traverse la cour et emprunte le chemin qui conduit à la maison voisine. Tom est resté là, seul, assis sur son large fauteuil, qui regarde la télévision, insensible à l'orgue. Il se tourne vers sa belle-mère et se croit obligé de préciser :

— Gaëlle est sortie prendre l'air. Il fait si chaud, ce soir !

Pierrette hausse les épaules face à ce gros mou, cet incapable qui n'a jamais su élever la voix quand il le fallait.

— Ah tu crois qu'elle est sortie prendre l'air ! Mais tu es bien naïf ! Tu ne vois pas qu'elle est complètement bouleversée par le retour de Pablo ?

Il se dresse, comme piqué par un frelon. Il inspire, sa lourde poitrine se soulève.

— Je sais, mais Gaëlle est une fille honnête. Elle va comprendre.

— Non ! répond Pierrette en haussant le ton. Il faut que l'Espagnol rentre chez lui. Tant qu'il sera là, tu risqueras de la perdre. Enfin Tom, réagis, montre que tu es un homme !

— Qu'est-ce qu'il faut faire ?

— Coincer Pablo dans un coin et lui casser la gueule. Les gens te soutiendront. Il est venu ici pour foutre la zizanie avec son festival de musique. Et l'orgue qui gueule toutes les nuits, c'est bien pour montrer qu'il est le patron ! On va quand même pas se laisser faire !

— Vous croyez que...

— Oui, je crois. Et si tu n'as pas d'idées, je vais t'en donner !

Ce matin, Gaëlle se lève la tête lourde. Hier soir, elle s'est refusée à Tom et ils se sont disputés. Elle n'a pas beaucoup dormi, dérangée par le poids de son mari qui la faisait rouler vers lui, par son odeur qui l'écœurait. Tom a bien compris que sa belle-mère a raison.

— Tu devrais être contente puisque tu hérites d'une propriété. C'est pas rien ! dit-il pour l'amadouer.

— Non, c'est pas ça !

Tom n'insiste pas, redoutant une vérité inavouable qui va beaucoup le faire souffrir.

Pendant les vacances, ses filles Nina et Marion dorment chez leur grand-mère. Tom part souvent de très bonne heure dans la montagne pour s'occuper de ses chèvres et fabriquer les fromages. Depuis qu'il a dû renoncer à la pisciculture, cet homme travailleur et courageux perd beaucoup de temps à rêvasser. Il peut demeurer des heures assis à l'ombre d'un antique olivier à écouter les cigales et les bruits des montagnes, perdu en lui-même, conscient de sa médiocrité.

Gaëlle prend sa douche, et s'attarde devant son armoire ouverte. Comment va-t-elle s'habiller ? Finalement, elle opte pour un pantalon qui met en valeur les formes toujours jeunes de son corps. Elle a la chance d'être encore svelte après la naissance de ses filles. Devant sa glace, elle remarque les premières rides au coin de ses yeux, elle les cache avec plus de fard que d'ordinaire.

Elle boit rapidement son café. Tom arrive, elle s'en étonne.

— Tu n'es pas à la traite des chèvres ?

Il s'assoit à sa place habituelle, pose ses larges mains sur la toile cirée de la table.

— Tu l'as revu, hier, quand tu es montée à la chapelle et que cet orgue nous cassait les oreilles ?

Elle ne répond pas, entre de nouveau dans la salle de bains, se coiffe longuement en attendant que Tom s'en aille, mais il ne bouge pas de sa chaise, énorme, occupant toute la place. Elle s'impatiente, consulte sa montre, et prend son sac à main.

— J'y vais ! dit-elle en se dirigeant vers la porte.

Tom la regarde traverser la cour jusqu'à sa voiture. Ce matin, il n'a pas le cœur à l'ouvrage. Il a expédié la traite en pensant à ce qui s'est passé la veille et qu'il ne peut pas admettre.

La jeune femme démarre en trombe sur la route tortueuse. Elle ralentit en longeant la colline où se trouve la chapelle Sainte-Féréole. Pablo n'est pas loin. Gaëlle fait un petit détour par une rue étroite et aperçoit la moto de l'Espagnol dans la cour envahie de grandes herbes devant la maison de Mélanie. Pablo n'avait-il pas dit qu'il logeait chez Jacqueline ?

Hier soir, au lit, quand Tom a posé la main sur ses seins, elle a ressenti un long frisson gelé, une répulsion. Quand il a insisté, elle l'a repoussé vivement : « Laisse-moi, je suis fatiguée ! » Elle a mis longtemps à s'endormir.

Le soleil brille, déjà chaud, l'été poursuit sa fête et Gaëlle roule sur la route qui conduit à Peyruis. A mesure qu'elle s'éloigne de sa maison, elle redevient elle-même. Elle court dans la colline en donnant la main à un grand adolescent très brun. Nerveusement, elle coupe la radio et s'écrie :

— Je ne veux plus mentir !

Mais cette décision ne peut que la conduire à l'écueil. Pablo la pousse vers l'inconnu puisque tout est de sa faute. Pour une liasse de billets dépensée depuis longtemps, la voilà au fond de l'océan. Le retour de Pablo la condamne à jamais.

A son travail, personne ne lui fait la moindre remarque. Elle s'assoit à son bureau, mais n'arrive pas à se concentrer. Elle a épousé Tom par dépit peu de temps après le départ de Pablo. Pour donner le change, elle a parlé d'un coup de foudre, mais c'était une manière de cacher sa honte. Elle pensait qu'avec le temps, elle finirait par aimer ce garçon honnête, dévoué et travailleur, mais tellement maladroit. Les filles sont nées. Pierrette et Gaëlle espéraient que le sang neuf et fort de Tom éloignerait la malédiction. Et quel bonheur avec la naissance de Nina, d'avoir une fillette magnifique et si vive ! Tom souhaitait un deuxième enfant, et Gaëlle, réconfortée par son premier enfant, accepta. Marion naquit. Sans aucun handicap apparent, mais dès sa troisième année, le verdict était tombé : Marion était handicapée, terme vague pour désigner une fragilité mentale suffisante pour qu'elle ne puisse pas apprendre à lire.

Souvent, la nuit, son esprit libre lui souffle des cauchemars monstrueux. Cette belle femme, dont tout le monde reconnaît le bon sens et la vivacité d'esprit, serait-elle aussi touchée par la malédiction, qui se traduit chez elle par une envie de meurtre ? Le même mal que le grand-oncle Henri des Noyers, fou dangereux qui a passé sa vie dans un hôpital psychiatrique, enfermé dans une pièce aux murs capitonnés ?

Je suis un monstre ! se dit-elle, consciente que de telles pensées ne peuvent exister que dans un esprit dérangé. Elle se rend dans le bureau voisin, où sa collègue Christine a affiché les photos de ses trois enfants entre le calendrier d'un fournisseur de papier et une gravure du mont Blanc. Christine lui raconte ses déboires avec Paul, son fils aîné, qui collectionne les mauvaises notes. Pour la rentrée prochaine, elle l'a inscrit dans un lycée privé où l'équipe pédagogique a la réputation de faire des miracles. Elles abordent enfin le sujet des vacances. Christine part sur la côte atlantique, Gaëlle restera chez elle : « C'est trop compliqué, Tom ne peut pas laisser son troupeau pendant deux semaines ! »

Pablo se lève au jour et regarde le soleil éclairer la cime des montagnes. Comment a-t-il pu vivre aussi longtemps loin de cette lumière unique, ces odeurs de lavande sauvage que la fraîcheur révèle et ces paysages apaisants ? Le voilà à des années-lumière de ses patients. Pourtant, il doit prévenir Amanda que son absence va se prolonger. Il s'excusera auprès de ses collègues pour le surcroît de travail qu'il va leur occasionner.

Il décide d'aller prendre son petit déjeuner chez Lorraine qui tient l'unique bistrot du Puget. Il laisse sa moto à l'ombre sous les platanes. Le village somnole encore. Autrefois il y avait un garage sur la droite, une épicerie un peu plus loin et un quincaillier. Il ne reste, au bout de la place, que la boutique de César, grand pêcheur de truites, coiffeur à l'occasion, et détaillant d'articles de pêche. En été, il a quelques clients qui fréquentent les étangs des vallées.

Pablo se dirige vers le bistrot sous les regards curieux des villageois qui le saluent discrètement.

Ils le reconnaissent et n'ignorent rien des raisons de son retour. Ils se posent beaucoup de questions à son sujet et les ragots vont bon train. Une chose est certaine : Pablo, devenu un important propriétaire local, ne peut que mettre la pagaille.

Il entre dans le bistrot presque désert à cette heure. Lorraine a beaucoup vieilli. Autrefois, c'était une superbe femme, très droite, au regard chaud. Les hommes défilaient au comptoir ; peu farouche, elle savait attirer les clients, et Paulo, son mari, n'était pas jaloux. Il s'occupe de son magasin de cycles et de motoculteurs. As des réparations en tout genre, il boit beaucoup, ce qui nuit à son efficacité. Tout le monde sait que cette belle femme a épousé le poivrot sale et insignifiant parce qu'il est propriétaire du bistrot et elle, fille de berger sans le sou. Désormais, elle règne sur « son auberge » avec autorité. Elle fait partie du conseil municipal, ce qui est pour elle la consécration de ses mérites.

Lorraine sourit à Pablo. Elle n'a pas oublié ce grand garçon au regard de feu que les autres poursuivaient et qui se cachait dans le renfoncement au bout de la rue pour guetter Gaëlle. L'amour de ces deux gosses lui faisait chaud au cœur et la rendait généreuse.

Elle installe Pablo à une table avec beaucoup d'empressement sous le regard de deux hommes accoudés au comptoir.

— Vous faites toujours restaurant à midi ? demande Pablo.

— Bien sûr. Aujourd'hui, c'est blanquette de veau et en entrée les haricots verts du potager. Je peux vous réserver une table.

Il accepte tout en parcourant la salle du regard. Peu de choses ont changé en vingt ans, toujours les mêmes affiches à peine jaunies de l'année où le Tour de France était passé par Saint-Etienne-des-Orgues. Lorraine apporte les croissants frais, le café et le lait.

— Si vous avez besoin de quoi que ce soit, appelez-moi.

Il observe en particulier un homme au comptoir, énorme, sa grosse main tient une minuscule tasse de café. Ses cheveux noirs bouclés, sa barbe fournie ne laissent voir que son front étroit et ses petits yeux noirs. Il porte une veste grise, un pantalon kaki, et une casquette négligemment posée sur son abondante tignasse. Lorraine dispose les couverts sur les tables pour le déjeuner.

— Il faut que je m'avance, dit-elle. Je suis seule avec une fille de Lardier qui ne connaît pas grand-chose à la cuisine. C'est plein tous les midis, ajoute-t-elle avec fierté.

L'homme vide son verre et sort sans un mot. Lorraine s'approche de Pablo.

— Je me souviens bien du temps où vous étiez chez M. Adrien. C'était le bon temps, on était jeunes !

— Je n'ai rien oublié non plus, répond Pablo. Au fait, je ne connais pas celui qui vient de sortir…

— C'est Boïko, le Rom. Il vit dans sa roulotte, au pied du Pas de la Graille. Les gens en ont peur parce que c'est un étranger, mais il n'est pas méchant. Il vit de petits boulots et personne ne s'en plaint.

Pablo vide sa tasse de café et règle au comptoir. Lorraine appuie sur les touches de sa caisse enregistreuse, prend le billet de vingt euros et rend la monnaie.

— Je devrais pas vous le dire, mais votre présence contrarie. L'héritage d'Adrien fait de vous un homme important dans la région. Vous leur faites peur avec votre festival d'orgue pendant l'été, votre village de vacances… Ils redoutent que vous fassiez du Puget un haut lieu à touristes ! Ils veulent rester à l'écart, vous comprenez ?

— Non, je ne comprends pas, répond Pablo. Le village meurt, il n'y a plus un seul commerce, vous croyez que c'est bien ?

— Moi, je suis de votre avis. Figurez-vous que j'ai demandé au maire de mettre des fleurs dans la rue principale, eh bien, il a refusé sous le prétexte qu'il faut les arroser !

Pablo salue Lorraine et sort. Boïko traverse la place. Le Rom se tourne vers lui.

— Bonjour, je vous ai vu hier soir dans la maison de Mélanie. Ça serait pas mal de couper les ronces et les orties qui poussent dans le jardin, de tailler les arbres et de refaire les pelouses…

— C'est une bonne idée, répond Pablo. Si ça vous intéresse...

— Oui, et ça vous coûtera moins cher que de faire venir un jardinier. Si vous êtes d'accord, je peux commencer cet après-midi.

Pablo est d'accord. Il monte sur sa moto et rentre chez lui. Boïko ne lui a pas déplu. Sous son aspect de sauvage, sa voix profonde qui touche le musicien et son sourire avenant le rendent sympathique.

De retour chez Mélanie, il remarque le cahier d'Adrien qu'il a calé sous un pot de fleurs pour le défroisser. Il le prend, s'assoit sur un fauteuil poussiéreux et lit.

Je suis allé à La Rochelle avec la vague idée de m'embarquer pour les Amériques. Et puis, un soir, alors que je marchais dans la rue à la recherche d'un coin pour la nuit, j'ai entendu des cris. C'était un homme qui se noyait près du quai. Sans réfléchir, je me suis jeté à l'eau, ce qui était suicidaire puisque je ne savais pas nager. Mais j'ai pu m'agripper à des cordes qui pendaient et sauver le malheureux. Une fois sur le quai, l'homme s'aperçut que j'étais boiteux et siffla d'admiration. Il se présenta : Louis Lespinet, armateur qui transportait du pétrole. Quand il apprit ma situation, il m'invita chez lui et me proposa du travail. En quelques années, j'ai pu gagner sa confiance et me former au commerce. Il n'avait pas d'enfants – tu vois, Dieu avait tout prévu pour moi – et rapidement, Louis et sa femme, Elisabeth, me considérèrent comme leur fils. A leur mort survenue trop tôt, j'héritai de tous leurs biens. Mais les boiteux, comme partout, sont mal acceptés dans ce milieu. Alors, je me suis fait opérer à Paris par un grand spécialiste.

Une fois retiré au Puget, Adrien n'avait pas abandonné ses affaires. Il s'absentait souvent et, quand il était là, il passait ses journées à travailler dans son immense bureau.

Maria lui était toute dévouée. Toujours vêtue de noir, elle parlait peu et restait en retrait, mais faisait son possible pour rendre son maître heureux. En hiver, elle préparait une potée au chou et Pablo se souvient qu'Adrien, qui d'ordinaire n'avait guère d'appétit, se goinfrait au point d'être malade. Il avait ainsi ses petits travers que la femme discrète satisfaisait. Et quand Pablo rentrait du lycée, il trouvait toujours, sur la table, son bol de lait chaud avec deux tartines de pain grillé. Pablo soupire, le cœur gros.

En fin de matinée, Jules arrive, fait déraper les pneus de son vélo, qu'il abandonne dans les herbes.

— Ah, tu es là ! fait le gamin en bombant le torse.

Pablo sourit. L'enfant entre sans manières dans la maison dont la porte est restée ouverte, comme s'il était chez lui.

— Ça fait bizarre de te voir ici ! ajoute-t-il.

— Eh bien, tu vas devoir t'habituer parce que je n'ai pas l'intention de m'en aller.

Pablo s'étonne lui-même de cette réponse. Pour l'instant, il n'a pas de projets d'avenir.

Jules lui lance un regard intrigué.

— Mais tu vas bien couper les ronces ! On ne peut pas entrer chez toi sans se faire accrocher les mollets !

— Justement, ce matin, j'ai demandé à Boïko de venir nettoyer !

— Tu as demandé à Boïko ? Mais c'est un ogre ! Paraît qu'il mange la viande crue. Moi, il me fait peur ! Il chasse le gros gibier. Je l'ai vu la nuit, avec d'autres. Ils prennent les chevreuils. Paraît qu'il y en a trop ! Ils chassent aussi les cerfs et les sangliers. C'est pas des bracos réguliers, ils se servent de leurs fusils.

— Ça fait du bruit, et les gardes peuvent les arrêter.

— Les gardes et les gendarmes ont la pétoche. Dans les montagnes, ils ne sont pas les plus forts. C'est déjà arrivé. Le vieux Parolat a reçu un coup de fusil ; il a fallu lui couper une jambe. Il sait qui a fait le coup, mais il ne le dénoncera pas. Parce qu'il tient à sa deuxième jambe.

La mère de Jules s'approche par le sentier qu'on devine entre les hautes herbes sèches, superbe dans la lumière éclatante de l'été. Elle porte des vêtements légers et moulants qui mettent en valeur les belles lignes de son corps.

— Mais qu'est-ce que tu fais là ? lui reproche le gamin qui enfourche son vélo et détale.

La jeune femme sourit à Pablo qui détaille discrètement son beau visage, remarque ses grands yeux clairs, ses longs cils noirs, son joli front sous d'épais cheveux bouclés.

— Bonjour, fait-elle un peu gênée. J'espère que Jules ne vous ennuie pas trop. N'hésitez pas à le chasser s'il devient un peu trop envahissant.

— Non, Jules est un petit lutin qui a le don de donner vie à tout ce qui l'entoure.

— Si vous avez besoin de quoi que ce soit, faites-moi signe ! Je suis en vacances.

— Vous ne partez pas ?

— Pour quoi faire ? Où aller pour être mieux qu'ici ? Jules ira un peu chez son père. C'est un enfant difficile.

Un air d'harmonica domine le bruit entêtant des cigales. Des notes légères cabriolent en cadence, aigres et en même temps pleines d'un charme léger et aérien.

— Il me fatigue avec son harmonica. Il joue tout le temps. S'il vous ennuie, n'hésitez pas à le réprimander.

— Sûrement pas, Jules est un bon musicien. Il faut absolument l'inscrire dans une école de musique !

— Il n'en fait qu'à sa tête. Dès qu'on lui demande un effort, il se rebiffe !

Elle repart dans le sentier. Jules, qui devait s'être caché tout près, fait irruption dans la cour, à sa manière, en poussant sur les pédales de son vélo. Il se dresse, tirant sur le guidon, fait décoller la roue avant, et s'étale sur le gravillon.

— Voilà ce qu'il en coûte de vouloir jouer l'acrobate ! le réprimande Pablo.

— J'y arrive presque, réplique le garnement. Hier, j'ai fait presque dix mètres ! Je suppose que ma mère t'a dit que j'étais insupportable.

— Mais non, pas du tout !

— Ouais ! Elle met un peu de bouffe dans le frigo, pour le reste elle me fout la paix.

— Elle m'a dit que tu allais partir chez ton père ?

— Il me gonfle à toujours me faire des reproches. Il voudrait que je sois interne au collège. C'est l'horreur ! Dis, tu m'as promis qu'on ferait un tour à moto ! Je te montrerai d'autres choses intéressantes.

— Ah bon ? Je ne m'en souviens pas, tout comme je ne crois pas t'avoir donné l'autorisation de me tutoyer ! Bon, pour le tour à moto, si ta mère est d'accord...

— Ma mère est toujours d'accord pourvu que je lui foute la paix. Plus tard, je veux vivre ici, berger dans la montagne, et je vendrai mes fromages.

Il déguerpit, debout sur les pédales. Pablo va déjeuner chez Lorraine qui l'accueille avec son habituelle amabilité. Le restaurant est plein. Tous les regards se tournent vers l'Espagnol qui s'assoit seul à une table.

Il mange rapidement et sort sur la place écrasée par le soleil de juillet. Dans ce pays des extrêmes, les hommes sont tout d'un côté ou de l'autre, violence ou amour, mais toujours dans l'excès. La sagesse et la modération ne sont pas de ce lieu.

Pablo remonte chez lui. Boïko, déjà au travail, actionne une grosse débroussailleuse et la cour retrouve ses dalles bien rangées, d'une couleur claire, pleine de lumière. Il a taillé les arbustes qui poussaient dans ce qui était, avant, un petit potager. En apercevant Pablo, il coupe le moteur au bruit strident, s'essuie le front. Il est vraiment costaud. Pablo lui propose une bière.

— Elle n'est sûrement pas bien fraîche. Je n'ai pas fait brancher l'électricité. Je l'ai gardée dans un seau d'eau froide, comme on le faisait autrefois.

Boïko boit sa bière à l'ombre d'un figuier.

— Qu'est-ce que vous pensez du festival autour de l'orgue ? demande Pablo.

— Les gens redoutent que Le Puget devienne une destination recherchée comme d'autres villages en Provence. Ils veulent rester entre eux, ça se comprend. Les touristes salissent tout ce qu'ils approchent ! Au fait, l'orgue, je le connais bien. M. Adrien m'avait confié l'entretien du canal et de la roue de moulin. J'ai regardé, tout est bien conservé. Il ne faudrait pas longtemps pour le remettre en état.

— Ça, c'est une bonne idée, dit Pablo en souriant.

— Dès que j'ai fini là, je m'en occupe !

Le bruit agressif de la machine reprend. Pablo se rend à la chapelle. A l'intérieur du bâtiment aux murs épais, la fraîcheur est agréable, mais au bout de quelques pas il frissonne. Il passe derrière l'orgue et déplace le panneau qui en cache le mécanisme recouvert d'une fine poussière. Derrière les soufflets, il découvre une petite boîte pliée dans du papier ordinaire gris. Il en sort un médaillon en bois avec, au centre, un minuscule écrin en verre qui renferme une mèche de cheveux blonds. Et une inscription illisible au dos du médaillon, l'humidité ayant fait couler l'encre dont il ne reste que des taches violettes. « Les cheveux de Cecilia ? » se demande Pablo. Rien ne le prouve, mais tout laisse à penser qu'Adrien a caché là cette mèche avec l'intention que Pablo puisse en faire prélever l'ADN.

Le fil de la batterie court le long du mur jusqu'au toit. Dehors, Pablo grimpe sur un tilleul noueux et découvre, dissimulé sur le faîtage, un panneau solaire. Tout s'explique donc. Comme la veille, il branche le moteur et s'assoit devant le clavier. Les premières notes de l'aria l'emportent. Pourquoi le gamin n'est-il pas là pour l'écouter ? A la fin du morceau, il coupe le courant, referme le clavier et descend dans l'allée centrale. De chaque côté, se trouvent des bancs entassés, des tas d'herbes sèches probablement amenées par le vent ou des animaux qui ont aménagé leur gîte. Il atteint la porte quand une silhouette assise près du gros bénitier en pierre attire son attention.

— Gaëlle ?

Elle a quitté son travail en milieu d'après-midi. Elle n'arrivait pas à concentrer son attention. Elle a prétexté une grosse migraine pour rentrer chez elle. Avant Le Puget, la jeune femme s'est garée dans un renfoncement de la chaussée qui cache sa voiture aux regards curieux. C'est là qu'elle s'arrête souvent pour retarder son retour à la maison et l'affection oppressante de Marion.

Quelle intuition l'a conduite jusqu'à la chapelle Sainte-Féréole ? Le diable, sûrement. Sans réfléchir, elle est entrée, s'est assise dans l'ombre, devenue coquille vide, inutile.

— Gaëlle ? répète encore Pablo comme pour s'assurer qu'il n'est pas victime d'une illusion.

La femme se lève en face de lui et le regarde fixement dans les yeux. Ce qu'il croit y lire le ramène quinze années en arrière.

— Tu es toujours aussi bon musicien ! dit-elle d'une voix retenue.

Ils pensent tous les deux à leurs après-midi heureuses. Adrien était absent, Pablo entraînait Gaëlle dans la maison du Fada et lui jouait du piano sous le regard ravi de Maria… Dans la clarté de la porte ouverte, Pablo cherche les différences entre cette femme de trente et un ans et la jeune fille qui le hante toujours. Ses hanches sont à peine un peu plus prononcées ; son visage est toujours aussi agréable. A peine ses traits sont-ils un peu plus nets, ses yeux durcis par de petites rides mal dissimulées au coin des paupières.

Ils restent ainsi, unis dans la lumière diffuse, hors du temps et conscients de provoquer l'enfer. Les mots n'ont pas leur place dans cette communication intime. Puis elle sursaute, secoue la tête comme un animal agacé, recule vers la porte.

— Pourquoi tu ne repars pas ?

— Je partirai si tu me le demandes.

Elle ne trouve qu'un mot, le plus proche de ce qu'elle ressent :

— J'ai la haine !

Elle a crié. Sa voix s'est amplifiée sous la voûte, trouvant un écho lointain dans les tuyaux de l'orgue qui vibrent sans vent, poussent un gémissement, comme une protestation aérienne.

Elle s'éloigne, dévale le sentier ; la portière de sa voiture claque, le moteur gronde. Gaëlle roule sur la route de montagne, sans but. Elle fuit Pablo, elle se fuit, et pour ne pas penser, elle met la radio à fond. Pourquoi au prochain virage ne précipiterait-elle pas son véhicule dans les gorges profondes du torrent ?

Pierrette qui surveille sa fille a tout vu. Quand elle a entendu l'orgue, elle s'est dirigée vers la chapelle par l'autre sentier, celui qui longe la colline après l'église. L'arrivée de Gaëlle ne l'a pas surprise. La jeune femme est entrée dans la chapelle. La musique a continué quelques instants puis s'est tue, laissant toute la place aux cigales. Que faisaient Pablo et Gaëlle dans le silence coupable d'une chapelle sûrement vouée au diable ?

Pierrette retourne sur ses pas. Elle sait où trouver Tom. A cette heure, il s'occupe des chevreaux qu'il faut engraisser à l'étable avant de les vendre. Le colosse s'étonne de voir sa belle-mère à un endroit où elle ne vient jamais.

— Il s'est passé quelque chose ? demande-t-il.

— Tu sais où est ta femme ? répond-elle d'une voix excitée.

Il se dresse, immense, au milieu des chevreaux qui se pressent autour de lui.

— Elle est au travail, pourquoi ?

— Mon pauvre Tom, tu seras toujours aussi naïf. Elle est avec Pablo, dans la chapelle. Ils ne parlent pas, alors imagine ce qu'ils font ! Et toi tu restes là, sans bouger !

Tom chancelle. Le trait l'a touché en plein cœur et lui a fait si mal qu'il n'arrive pas à respirer.

— Bon ! fait-il d'une voix grave.

Il sort de l'étable, regarde autour de lui, étranger sur ce flanc de la montagne où il vient tous les jours. Gaëlle est avec Pablo ! Il en trébuche.

— Alors, il faut que tu te fâches ! enchaîne Pierrette. Pas avec Gaëlle qui pourrait mal le prendre, mais avec l'Espagnol. Tu dois lui donner un avertissement pour qu'il laisse ta femme tranquille, parce que c'est bien lui qui cherche à l'attirer !

— Oui, je vais lui donner une leçon, répond Tom en s'éloignant, les épaules basses, déjà vaincu.

Autour de la maison, Boïko a coupé les grandes herbes et les arbustes qu'il fera brûler demain. Pablo a tenté de se rapprocher de lui, d'en faire un allié en lui apportant régulièrement de la bière, mais ce n'est pas un loquace. Il travaille en force, se contentant de répondre par un mouvement d'épaules. Boïko est un solitaire.

Pablo respire l'air frais plein d'odeurs de la garrigue. Gaëlle a la haine. Que signifie cette expression devenue usuelle et souvent vide de son contenu ? La haine contre lui, contre elle-même, contre la vie ? Doit-il repartir, laisser faire le temps qui n'efface rien, mais émousse les douleurs les plus aiguës ?

Il aime cette heure du soir où le soleil oblique allonge les ombres. Rien ne bouge, pas une feuille ne tremble. Le vent s'est endormi quelque part dans la vallée. La montagne respire comme un animal fatigué. Pablo s'étonne que Jules ne soit pas venu lui rendre visite et redoute qu'il ne soit caché dans les parages à l'espionner.

Il se dit qu'il a encore oublié de demander à EDF de venir brancher le compteur électrique. Cela ne le gêne pas beaucoup puisque les journées sont longues et qu'il prend tous ses repas chez Lorraine, mais il le fera demain à la première heure. C'est certain. A moins qu'il ne reparte à Madrid !

Il trouve un outil, une sorte de sarcloir, dans l'appentis proche de la maison et s'éloigne, se faufile avec discrétion entre les touffes d'arbustes. Il doit se méfier : Jules est si léger qu'il se déplace avec le silence d'un courant d'air. Le jeune homme reconnaît les deux rochers dressés et l'endroit indiqué par l'enfant. Il suffit de pousser les deux pierres assez lourdes et des branchages disposés volontairement pour accéder à l'humus. Il creuse en prenant la précaution de ne pas faire de bruit et découvre rapidement la toile d'un paquet déchiré sur le côté. Les os sont mélangés à la pierraille. Pablo allume la lampe de son téléphone et reconnaît un tibia humain, puis un fémur et l'os rond d'un crâne. Enfin, un peu plus profond, il déterre des vertèbres et de petits os, apparemment les phalanges des pieds. Il en prélève deux, les place dans un sachet en plastique, repousse la terre, dispose la mousse et les brindilles, puis les grosses pierres. Il s'enfuit, comme s'il venait de commettre un crime.

Il est de retour chez lui quand des pneus dérapent sur le gravillon.

— Tu étais où ? Je t'attendais. Tu m'as promis de jouer de l'orgue.

— J'étais allé faire un tour !

Jules prend un air suspicieux. Il enfonce les mains dans ses poches et fait quelques pas.

— Je sais où tu étais. Je t'ai suivi et tu n'as rien entendu, fait-il avec sa voix qu'il gonfle pour lui donner plus de portée. Personne n'est aussi agile que moi pour marcher sans bruit. Même le garde Tronchet ne peut pas me surprendre. Et pourtant, c'est un sacré braco !

Pablo se demande si le gamin n'est pas en train de jouer les plus malins et se fait sévère :

— Voilà que tu m'espionnes maintenant ! Et tu voudrais qu'on soit copains ?

— C'était pour rire. Je ne t'ai pas suivi, mais je sais aussi que ce que je t'ai montré hier t'a tracassé et que peut-être tu es allé voir si je n'ai pas menti ! Tu sais, il se passe de drôles de choses ici ! Ma mère dit que je ne dois pas m'en mêler, mais c'est comme ça, je suis curieux et quand je vois des gens qui parlent à voix basse, je ne peux pas m'empêcher de m'approcher et de tendre l'oreille.

— Ah bon, et c'est quoi, ces drôles de choses ?

— Ma mère veut pas que j'en parle. Au fait, Boïko te fait bonne figure. Je vous ai vus cet après-midi en train de boire une bière. Moi, j'aurais pas confiance.

— Qu'est-ce que t'en sais ?

— C'est un manouche, je l'ai vu tabasser son chien !

Jules disparaît comme il est venu, sans le moindre

bruit, il se fond dans la pénombre et le silence n'en est pas troublé. Ce soir, les insectes se taisent, preuve que l'orage va éclater dans la nuit.

Dans la maison, il fait déjà sombre. Pablo a l'impression d'être un voleur dans cet intérieur qui garde le souvenir de Mélanie. Il allume la lampe de son téléphone et étale précautionneusement les phalanges sur la table, les examine, puis il cherche sur Internet les familles Maggioni à Crémone. Trois noms apparaissent sur son écran. Il note soigneusement les adresses et s'allonge sur le lit dans l'espoir de s'endormir. Mais trop de questions le harcèlent. Le visage désespéré de Gaëlle ne le quitte pas. Son cri de haine n'est-il pas l'aveu de son amour ? Partir ne résoudrait rien, bien au contraire. Il doit retrouver le meurtrier qui a enterré Cecilia dans la montagne sans plus de cérémonie qu'il l'aurait fait pour une chèvre, car il ne doute pas que ce sont bien les os de la jeune femme.

— Et il faut faire quelque chose pour que l'école ouvre de nouveau ! dit-il en regardant le mur. Je me demande s'il y a un lien entre la mort de Cecilia et le projet d'Adrien ?

On frappe, il sursaute et va ouvrir. Une dizaine de personnes sont là, embarrassées. Pierre Fidellia, un apiculteur qui passe l'été dans une maison de la montagne, s'approche.

— On n'a pas entendu l'orgue, c'est normal ?

Pablo se dit qu'il a dû mal rebrancher le programmateur et, à son tour, feint la surprise :

— C'est vrai, en effet !

— C'est qu'on l'aime, nous, cette musique dans le soir d'été ! Il y a toujours des râleurs, mais faut pas en tenir compte !

Ils repartent vers le village en contrebas. Ils marchent lentement, espérant que l'instrument va se mettre en marche. La vieille Maurin, qui marche à longueur de journée dans les sentiers, soulève sa canne.

— Vous l'avez vexé, M. Adrien. C'est bien fait pour vous.

Pablo s'allonge sur son lit, mais ne réussit pas à dormir. Aux premières lueurs de l'aube, il se lève, s'asperge le visage d'eau froide, monte sur sa moto et s'éloigne dans la nuit finissante.

L'Italie n'est pas très loin. Il rejoint l'autoroute et franchit la frontière vers neuf heures du matin, prend la direction de Milan et arrive à Crémone en fin de matinée. Là, il ne sait pas trop comment orienter ses recherches. Il baragouine un peu l'italien, mais pas suffisamment pour se faire comprendre ; peut-être aura-t-il la possibilité de parler en anglais.

Crémone est marquée par son prestigieux passé musical. Il remonte la via Stradivari, entre dans une brasserie pour déjeuner. Il fait beau, sans cette chaleur excessive des monts de Lure. Un peu d'air caresse agréablement les joues. Finalement, il décide d'agir au culot, et se rend avec son GPS à la première adresse notée, une rue de pavillons, ombragée sous de vieux platanes. Il sonne au portail en fer d'une maison ancienne. Une vieille femme ébouriffée lui demande ce qu'il cherche. Il réussit à expliquer qu'il est un ami de Cecilia Maggioni et qu'il est sans nouvelles d'elle. Renfrognée, la dame lui répond de sa voix forte qu'elle ne connaît pas ce nom et claque la porte. Pablo se rend à la seconde adresse, pas très loin de là, mais le quartier est différent. Des immeubles anciens et vétustes se dressent de chaque côté de la rue étroite. Des enfants jouent au ballon sur le parking entre les voitures. Pablo leur demande s'ils connaissent une Cecilia Maggioni. Ils font non de la tête sans arrêter leur jeu. Pablo se présente à la porte de l'appartement indiqué sur les boîtes aux lettres de l'entrée. Il sonne plusieurs fois, un chien aboie à l'intérieur, mais personne ne vient ouvrir.

De guerre lasse, il entre dans un bar, boit une bière bien fraîche et recommence sa quête. A la troisième adresse, un homme d'une quarante d'années le reçoit et se montre très coopératif. Pablo lui parle de Cecilia, qu'il a connue en France. Il a sonné à sa porte à tout hasard. L'homme l'invite dans une petite pièce qui sent mauvais. Un vieux chien vient se frotter aux mollets du visiteur. M. Maggioni prend un air catastrophé comme seuls les Italiens savent le faire.

— Cette pauvre Cecilia ! murmure-t-il. J'étais à son mariage à Nice. Vous la connaissez donc ?

— Oui. Moi aussi, j'étais à son mariage.

— On a dit qu'elle était en Amérique, mais ce n'est pas vrai. C'est ma petite cousine. Ses parents ont déménagé. Ils habitent désormais à Castelverde, un village situé au nord de Crémone.

Pablo remercie vivement et repart à pied à travers la ville. Il a le temps d'aller à Castelverde avant la nuit et programme son GPS.

La cité est blottie entre des collines verdoyantes, quelques maisons aux toitures de tuiles autour d'une église romane, une place sous les platanes où des hommes jouent aux boules, et des trottoirs quasi déserts. On se croirait en Provence. Pablo s'arrête à l'endroit indiqué par le GPS et sonne au portail d'une maison assez coquette au milieu d'un parc fleuri.

Pablo reconnaît tout de suite celui qui vient à son devant : le père de Cecilia. Pablo s'excuse de ne pas bien maîtriser l'italien.

— Je ne me trompe pas ? dit l'homme d'environ soixante-dix ans. Vous êtes le petit protégé de ce pauvre Adrien.

Pablo acquiesce. Le visage de Maggioni se ferme, il abaisse ses paupières et murmure en secouant la tête :

— On a dit tant de choses !

Une femme arrive d'une pièce voisine. Elle est plus jeune que son mari, distinguée avec ses cheveux soigneusement coiffés. Sa robe à fleurs rouges bouge autour de ses mollets.

— Nous ne saurons jamais ce qu'elle est devenue,

dit-elle en mauvais espagnol. Il y a eu plusieurs enquêtes, les policiers français sont venus ici, puis ils ont abandonné, sous le prétexte que Cecilia était majeure et avait le droit de disparaître sans avertir personne. Parfois, je me dis qu'elle est vivante quelque part en Amérique du Sud, mais je sais que ce n'est pas possible.

A l'époque, Pablo avait aussi été interrogé par un commissaire de police. Mais il avait pu prouver sa présence à Madrid au moment de la disparition de Cecilia, et on n'en avait plus parlé. Mme Maggioni l'invite à prendre un rafraîchissement. L'occasion est trop belle pour ne pas parler de leur fille unique, et de sa rencontre avec Adrien.

— Nous n'étions pas d'accord pour qu'elle l'épouse. Il avait trente-cinq ans de plus qu'elle. Mais elle était heureuse avec lui. Et puis c'était un homme d'affaires avisé. Ils se sont mariés et elle a disparu quelques mois plus tard. Ça ne lui ressemble pas !

Tout en parlant d'Adrien et de Cecilia, Pablo réfléchit à la manière de formuler sa demande, car il ne veut pas choquer ces gens qui ont encore quelque espoir de retrouver leur fille. Il voudrait pouvoir comparer leur ADN avec celui des os. La dame propose du café et des jus de fruits.

— Un café, merci, dit Pablo qui a une idée derrière la tête.

— Alors, on va vous accompagner. Cecilia était infirmière. Elle avait vécu longtemps en Afrique.

Elle s'est mariée une première fois avec un certain Abel Barmener, un aventurier peu intéressant. Ça s'est très mal passé. Avec Adrien, elle revivait !

Tout en parlant, Mme Maggioni lui montre des photos de Cecilia, d'abord seule, puis avec une amie et enfin avec Adrien le jour de leur mariage.

— Et là, c'est vous ! On vous reconnaît bien ! ajoute-t-elle.

Pablo sourit et cherche le moyen de subtiliser une de ces photos touchées par Mme Maggioni avec l'espoir d'y relever son ADN. Il profite d'un instant d'inattention pour voler la cuiller que la femme a portée à sa bouche et l'enfonce vivement dans sa poche. Puis il prend congé en assurant aux parents que s'il a des nouvelles, il ne manquera pas de les avertir.

Il n'a plus rien à faire en Italie, la chance l'a favorisé. Il décide de traverser à nouveau les Alpes et fait étape dans une auberge de Nice. Le lendemain, il repart vers quatre heures du matin, direction l'Espagne et un laboratoire de Madrid qu'il connaît bien. Il arrive vers 15 heures et invite à déjeuner le docteur Moreno. Il lui présente d'abord la mèche de cheveux trouvée dans le mécanisme de l'orgue, puis une phalange.

— Il faut un test ADN pour prouver que ces cheveux appartiennent à la personne dont voici une phalange de pied. Ensuite, tu chercheras de l'ADN sur cette cuiller à café. Il s'agit de prouver que cet ADN est proche de celui des deux autres éléments !

— Dis donc, s'amuse le docteur Moreno, te voilà devenu enquêteur ! Tu te substitues à la police française !

— Non, je vais te raconter l'histoire de Cecilia à qui appartiennent probablement ces cheveux et le petit os de pied…

Tard, le soir, Pablo retrouve son appartement comme s'il entrait dans un lieu inconnu. Dans la salle de musique, le piano à queue lui semble ridicule. Il devrait en profiter pour appeler Amanda, mais il n'en a pas envie. Le voilà étranger chez lui.

Le lendemain vers midi la nouvelle tombe sans qu'elle surprenne Pablo : les cheveux et la phalange appartiennent à une femme. L'ADN présent sur la cuiller est celui d'une personne très proche. Pablo rentre au Puget avec la preuve formelle que Cecilia Maggioni a bien été assassinée.

Il arrive à la nuit. Les notes aigrelettes d'un harmonica montent dans la pénombre et ravissent le jeune homme.

Jules, qui a dû entendre la moto, arrive, essoufflé, range son vélo et court à la maison.

— J'ai cru que tu étais parti pour de bon, dit-il. Tu étais où ?

— Ça ne te regarde pas, petit curieux !

Le gamin n'insiste pas. Il reste là, debout, tourné vers la nuit et les premières étoiles.

— Les deux soirs où tu n'étais pas là, l'orgue n'a pas joué. Ça faisait la nuit toute petite, rabougrie comme la vieille Maurin. Boïko a nettoyé le canal et réparé la roue de moulin !

— Ah bon ?

— Oui, je l'ai aidé ! dit le gamin en détalant.

Pablo s'assoit sur les pierres du perron et regarde les étoiles scintiller dans le ciel de Provence, un ciel si différent de celui d'Espagne et de partout ailleurs. Il part à pied, traverse la garrigue ; ses pas le conduisent près de la maison nouvellement construite où vivent Gaëlle, Tom et leurs deux filles. Il est venu là poussé par un désir profond, sans même se demander si c'était bien. Il regarde la lumière de la fenêtre et les ombres passer derrière les rideaux. Gaëlle est là, avec son mari, elle va aller se coucher très bientôt, peut-être faire l'amour. Cette pensée lui fait très mal...

Tout à coup, la lampe extérieure s'allume, la porte s'ouvre. La jeune femme descend l'escalier jusqu'à la cour en direction de la grande maison de Pierrette, où elle entre. Pablo emprunte un sentier latéral qui contourne les bâtiments.

— Qu'est-ce que tu fais là ?

C'est Gaëlle, qui a dû sortir par la porte arrière qu'elle empruntait autrefois pour le rejoindre.

Il n'est pas surpris, il l'attendait.

— La nuit est chaude. Je n'avais pas envie de dormir. Alors, je me promène dans un endroit plein de souvenirs.

Elle hésite à le rejoindre et s'arrête.

— Pardonne-moi si ma présence te gêne ! dit Pablo d'une voix retenue.

Elle s'approche de lui, très près ; la nuit efface les distances.

— J'ai apporté un panier de fraises à ma mère. Ici, on a de la chance, il y a une source juste en dessous du potager et les plantes poussent bien, quand elles se dessèchent partout ailleurs.

La voix de Gaëlle est grave, presque attentionnée. Il ose :

— Après ta lettre de rupture, je voulais abandonner la médecine et partir en Afrique ou très loin d'ici, pour ne jamais revenir.

Elle reprend sa marche, s'éloigne dans le chemin et dit sans se retourner :

— Bonsoir, Pablo.

C'est la première fois qu'elle prononce ce nom depuis des années. Elle accélère le pas, entre dans la maison, la porte claque. Pablo lance un regard circulaire à la nuit. Le voilà perdu dans ce lieu pourtant si familier.

Gaëlle traverse la salle de séjour sans un mot à Tom, entre dans sa chambre. Marion, avertie par son instinct animal, se jette contre elle.

— Maman, pourquoi tu pleures ?

Tom arrive et veut la prendre dans ses bras, Gaëlle le repousse vivement.

— Qu'est-ce qui te prend, Gaëlle ? C'est encore à cause de lui !

— De qui tu parles ?

— T'en fais pas, je vais m'en occuper !

Il n'ajoute rien et retourne s'asseoir devant la télévision du salon. Marion s'accroche à sa mère en poussant des petits cris. Gaëlle l'écarte dans un mouvement si violent que la fillette tombe entre le lit et l'armoire.

— Gaëlle ! s'interpose Tom en relevant Marion. Tu penses à ce que tu fais ?

Il est là, devant la jeune femme, serrant la fillette qui sanglote contre son corps massif. Son large visage sanguin exprime une profonde tristesse.

— Je ne veux plus que tu me touches, hurle Gaëlle, tu entends, jamais !

C'est la première fois que Gaëlle lui parle de cette manière. Il hésite, et malgré lui, monte le ton, mais ce grand maladroit balbutie, cherche ses mots. Devant sa femme, il n'a aucune défense. Nina se tient à la porte, grave, puis elle prend la main de sa sœur et l'entraîne dans le couloir.

— Viens, je vais te lire une histoire.

L'aplomb de la fillette arrête le temps. Gaëlle s'immobilise puis s'allonge sur le lit. Tom s'assoit près d'elle, veut lui caresser les cheveux ; elle se contracte. Un peu de salive perle au coin de ses lèvres contractées. Il se fait conciliant.

— Arrête, je t'en supplie.

— J'en peux plus ! crie-t-elle. Je ne veux plus voir personne !

Cette façon de parler le rassure d'une certaine manière, alors Tom rejoint les fillettes dans leur chambre. Marion sanglote, Nina laisse échapper son livre et lève ses grands yeux bleus vers son père.

— C'est rien, mes chéries. Maman est fatiguée. Demain, ça ira mieux.

Pablo entre chez lui et s'allonge sur son lit, cherchant le sommeil. Un rêve traverse son esprit, celui d'un gamin boiteux moqué par tous et devenu un aristocrate hautain. Un autre gamin marche près de lui. Il n'est pas boiteux, mais il a la peau sombre des Espagnols du Sud. Il voit aussi un adolescent qui court dans la montagne en donnant la main à une jeune fille vêtue d'une robe blanche qui se soulève et montre ses magnifiques jambes. Ils sont heureux, l'avenir est couleur de la lumière provençale et a cette odeur indéfinissable de plantes grillées par le soleil quand l'humidité du soir tombe sur la montagne.

Il hésite : doit-il avertir la gendarmerie de sa découverte ? Ou se taire pour ne pas alerter l'assassin ? Il choisit la deuxième solution, la plus prudente et la plus sûre. Comme il n'arrive pas à dormir, il sort dans la nuit. Ses pas le conduisent naturellement à la chapelle Sainte-Féréole. Dans la clarté de la lune, il remarque que Boïko a bien travaillé. L'eau coule dans le canal avec un petit clapotis joyeux. Il suffit de soulever la vanne qui a été consolidée pour remettre en mouvement la roue à aubes. Jules qui devait l'épier se montre. Son visage clair se dessine, grave.

— C'est du bon boulot, tu crois pas ?

— Je suis certain que c'est toi qui en as fait le plus !

— Arrête, répond le gamin sur un ton enjoué. Boïko sait que j'aime la musique. Il m'a demandé de jouer de l'harmonica et j'ai bien vu que ça lui plaisait.

Jules se fond dans la pénombre, sans le moindre bruit. Pablo fait demi-tour. Il va téléphoner à Paul Touraine, qui vit à Beaulieu-sur-Dordogne, pour qu'il vienne régler l'instrument, l'accorder et lui redonner son éclat de joyau musical.

Le lendemain, debout de bonne heure, il profite de la lumière d'un jour naissant pour consulter les dossiers que lui a remis le notaire. Il découvre une feuille manuscrite qui lui avait échappé. C'est l'écriture fine d'Adrien.

Tu comprends, ils me prennent pour un fou, mais regarde, les villages de montagne sont condamnés à mourir. On pourrait construire une station de ski, mais c'est trop agressif pour la nature. L'orgue hydraulique, peut-être le dernier en Europe, va devenir une formidable attraction. Des touristes, des mélomanes viendront du monde entier et apporteront leur argent à ce village qui en a tant besoin. Le festival en été, des concerts tout au long de l'année et l'école d'orgue maintiendront une bonne population. Des commerçants et des artisans s'installeront. Des jeunes ménages viendront vivre ici, loin de la pollution des villes. Et à l'école il y aura de nouveau des enfants dans la cour.

Pablo a d'ailleurs rendez-vous avec le maire pour la construction du village de vacances et le complexe hôtelier. Tout est prêt, il ne manque plus que la signature de Stéphane Poulin pour valider le permis de construire.

Vers neuf heures, Pablo se rend chez Lorraine, salue Boïko, déjà au comptoir comme tous les matins à cette heure, et le remercie pour son travail à la chapelle Sainte-Féréole.

— Vous viendrez vous faire payer ! lui dit-il en consultant sa montre.

— Pour le canal de l'orgue, c'est pour moi. Je suis fier de lui redonner la vie.

Pablo prend le temps de téléphoner à EDF pour le rétablissement de l'électricité dans la maison de Mélanie. Lorraine lui demande :

— Vous avez l'intention de rester longtemps ?

— Je ne sais pas ! répond-il, évasif.

— On a besoin d'un médecin dans le coin. Il faut aller à Digne pour le moindre bobo ! Alors, si vous voulez, il y a de quoi faire !

Pablo traverse la place en regardant autour de

lui. Il respire avec gourmandise l'air frais qui garde encore les odeurs de la nuit. Il salue les gens, qui lui lancent des regards curieux.

L'accueil de Stéphane Poulin, le maire, est très réservé. C'est un petit homme tout rond qui garde de sa carrière dans les bureaux de la SNCF le besoin de se différencier des paysans par sa tenue, veste et pantalon clairs en été, sombres en hiver. Il fait un gros effort pour gommer son accent et emploie volontiers des mots compliqués. Lorraine ne cache pas ses critiques : « Au lieu de jouer les Parisiens, il devrait embellir le village, ça donnerait de la gaieté et ça inciterait les gens de passage à rester. » Ces propos ne trouvent que peu d'écho : la grande majorité des Pugetois, pour la plupart retraités, aspirent à la tranquillité. L'avenir du village n'est pas leur préoccupation.

Stéphane Poulin fait entrer Pablo dans son bureau, parle de météo et de l'été qui s'annonce orageux, ce qui n'est pas une certitude de pluie dans cette région aride. Souvent, les orages sont secs, chargés en foudre, dévastateurs, mais sans la moindre goutte. Il ferme la porte après avoir salué la secrétaire, et s'assoit lentement, avec cette solennité que les élus de province mettent dans chacune de leurs attitudes. Il prend le temps d'examiner Pablo dont on parle beaucoup et qu'il approche pour la première fois. C'est un véritable *hombre* : grand et très brun, le visage mince, le regard ardent.

— Vous voilà propriétaire au Puget, commence

Poulin. Depuis votre héritage de M. des Noyers, vous êtes chez vous ici et la place que j'occupe derrière ce bureau pourrait être la vôtre.

— Rassurez-vous, je n'ai nullement l'intention de briguer un quelconque mandat. Mon protecteur qui m'a fait héritier de sa fortune souhaitait surtout que je poursuive les projets qu'il n'a pu mener à bien de son vivant.

Le maire se mord la lèvre inférieure et prépare ses arguments.

— Je suis venu déposer un permis de construire pour le terrain de Prognes d'une superficie d'environ trente hectares et placé un peu à l'écart du village, poursuit Pablo. Il s'agit de réaliser un village de vacances et un complexe hôtelier pour accueillir les nombreux touristes attirés par l'orgue hydraulique et le festival qui se déroulera ici chaque été. Hors saison, nous organiserons des stages de perfectionnement.

Stéphane Poulin frotte du bout de l'index sa moustache grise, puis rabat la longue mèche de cheveux destinée à cacher sa calvitie.

— En effet, M. des Noyers en parlait beaucoup, mais la maladie l'a empêché d'aller au bout de son projet. Sa jeune épouse n'est pas restée assez longtemps auprès de lui pour reprendre le flambeau, répond froidement le maire.

— Il est temps de s'y remettre, si on ne fait rien Le Puget va mourir ! ajoute Pablo.

Le visage du maire s'anime. Enfin, inspirant bruyamment, il précise :

— Les gens ne veulent pas de tout ce chambardement. La nature est restée intacte et nous tenons à la préserver. On ne veut pas en faire un de ces villages à touristes où les gens du cru ne se sentent plus chez eux !

Pablo réplique vivement :

— Donc, vous refusez.

— Je souhaite faire ce pour quoi j'ai été élu. Le reste ne me regarde pas. Oui, je refuse. Je ne signerai pas le permis de construire.

— Vous allez garder les dossiers. Il se peut que le préfet, qui a été contacté, soit d'un avis contraire et qu'il vous en parle.

— C'est tout entendu ! grogne le maire en se levant.

Pablo sort sans saluer Stéphane Poulin qui reste songeur, bien décidé à ne pas se laisser faire. Pourtant sa marge de manœuvre est réduite. Le préfet a en effet le pouvoir de ne pas tenir compte de sa décision.

Quand Pablo arrive chez lui, la voiture bleue d'EDF est stationnée dans la cour. Des ouvriers travaillent au rétablissement de l'électricité. Derrière la maison, Boïko rassemble les branches et les herbes sèches pour les faire brûler. Pablo salue les électriciens qui pensent terminer dans l'après-midi.

— Les orages ont abîmé la ligne ! dit l'un d'eux. On va changer les fils depuis la route, mais ce ne sera pas long.

Pablo va voir Boïko puis revient dans la cour désormais libre des grandes herbes et des arbustes qui l'encombraient. Un bruit de pneus qui dérapent sur le gravillon de l'allée le fait se tourner vivement. Jules range son vélo à sa manière, en le jetant sur le côté sans la moindre précaution.

— Tu en fais une tête, constate Pablo en découvrant la mine renfrognée du gamin.

— Mon père vient me chercher ce soir. Je dois rester huit jours chez lui, à Marseille. J'ai pas envie.

— C'est bien normal que tu ailles passer quelques jours chez ton père. Il s'ennuie sans toi !

— Fais-moi rigoler ! Il s'en fout de moi, comme ma mère ! Mais au moins, ici, je suis libre d'aller où je veux avec mon vélo. Et puis la nuit...

Ses yeux de chat s'allument.

— Dis, tu voudrais pas me jouer un peu d'orgue avant que je parte ? Ça doit être super, maintenant que la roue peut tourner.

— Ça, c'est une bonne idée ! fait Pablo. Viens, on va d'abord faire un tour à moto.

Il donne à Jules un casque trop grand et le juche à l'arrière de sa moto. Ils traversent Le Puget sous le regard étonné des gens. L'Espagnol serait-il le petit ami de cette professeure qui vit seule avec son fils ? Au retour, Pablo s'arrête au sentier qui conduit à la chapelle Sainte-Féréole. Jules se débarrasse du casque trop lourd et saute à terre tout ébouriffé.

— C'est chouette, la moto !

Près du torrent, le jeune garçon soulève la vanne. L'eau coule dans le canal nettoyé et tombe sur la roue en bois qui se met lentement en mouvement.

— C'est ouf ! dit le gamin qui ne sait exprimer son sentiment face à cette machinerie destinée à faire ce qu'il obtient avec son minuscule harmonica : quelques notes de musique.

Tout ce travail pour si peu ! Que la force du ruisseau serve à moudre du grain, à nourrir les gens, ça se comprend, mais la musique, ça ne sert pas à grand-chose !

Ils entrent dans la chapelle dont la porte coincée ne ferme plus. La fraîcheur les surprend.

Pablo marche dans l'allée centrale. Jules reste en retrait, tout timide. L'orgue lui en impose par sa démesure. Il sort son harmonica de sa poche et le contemple avec attention.

— Que c'est beau, tous ces tuyaux ! Ça me donne le frisson.

— Viens avec moi.

Pablo monte l'escalier qui conduit au clavier, suivi par un Jules qui retient ses pas sur les marches grinçantes.

— Assieds-toi là ! fait Pablo en lui montrant un tabouret.

L'enfant obéit, sans un mot. Ce n'est plus le Jules qui fait déraper les pneus de son vélo, qui braconne les grives et les lapins, c'est un petit garçon émerveillé par cet énorme monument à l'intérieur duquel il se trouve. Pablo se place sur le siège, tire sur plusieurs registres et commence une petite pièce de Bach, avec ses trois notes tonitruantes en début de morceau. Quelle sonorité ! Cet orgue est vraiment exceptionnel. Jules retient sa respiration. Il n'est plus assis sur un tabouret dans un endroit minuscule qui sent la poussière du temps, il est au ciel, il vole entre les nuages. Les notes puissantes le traversent et éveillent en lui des sentiments pleins de générosité. Si le paradis existe, c'est bien ainsi qu'il le conçoit, un bonheur absolu, mais qui n'est pas neutre, au contraire, un bonheur fait de joie et de peine, de larmes qui roulent sur ses joues d'enfant. Pauvre harmonica, comme tu es minable avec tes notes aigrelettes qu'un vent léger suffit à effaçer !

Quand la musique s'arrête, Jules reste un long moment immobile. Pablo constate :

— Mais tu pleures ?

— Non, s'emporte le gamin, je ne pleure pas. C'était si beau !

Le voilà de nouveau aussi lourd que les cailloux roulant dans les pentes. Il inspire profondément. Pablo regarde, ravi, ses joues mouillées de bonheur. Jules baisse les yeux, ce qui n'est pas habituel chez lui. Puis tout à coup, il renifle et s'emporte :

— Tu comprends que mon harmonica, c'est de la gnognote !

Il sort son petit instrument et le jette contre le mur. Pablo se précipite pour le ramasser.

— Ton harmonica, c'est un tout petit orgue qui ne demande qu'à grandir avec toi !

— Arrête de dire des conneries !

— Je t'apprendrai à jouer de l'orgue ! promet Pablo en le serrant contre lui.

Le regard de l'enfant s'allume. Il se voit tout à coup maître du monde en appuyant sur les touches magiques. Puis il fait la moue : comment, lui, le petit Jules, qui ne travaille pas à l'école, qui n'est pas capable de se plier à la moindre discipline, pourrait-il apprendre à jouer d'un tel monument, si grand, si puissant que ses notes enveloppent la terre entière ?

— Eh bien, écoute, quand tu vas revenir de chez ton père, je te donnerai des leçons de musique.

L'enfant lui adresse un regard incrédule.

— Et je pourrai... ?

Il fait un mouvement en direction du clavier.

— Tu es très doué. Ce que tu fais avec ton harmonica montre que tu pourras apprendre très vite.

— Mais c'est pas possible ! Je suis un sauvage, moi ! Comment tu veux que j'écoute tes leçons ?

En descendant l'escalier, Jules rate une marche. Il est comme ivre de musique et de sentiments compliqués qui alourdissent ses pas. Un bonheur mêlé de peine, de l'envie de se moquer de lui et de pleurer encore.

Ils sortent dans la lumière éblouissante. Jules a l'impression de revenir de très loin, d'un monde auquel il rêve depuis toujours et qui lui échappe. Au bas du sentier, le premier, il aperçoit le désastre. La moto renversée a été frappée à coups de masse. Le moteur est brisé, le réservoir cabossé, les roues pliées. Pablo s'approche de son véhicule inutilisable.

— Qu'est-ce qui s'est passé ? demande-t-il, incrédule. Tu n'as rien entendu ?

— Non, s'excuse le gamin. Les salauds ! Casser une aussi belle moto, il faut être complètement givré !

Jules est désespéré et fait le tour du véhicule en cherchant à comprendre.

— Regarde, j'ai trouvé ce papier accroché au guidon.

Pablo prend le papier et lit en gros caractères maladroits : « Fiche le camp si tu tiens à ta peau ».

Des menaces ! Voilà que le meurtrier de Cecilia s'apprête à le tuer ! Dans quelle direction doit-il regarder, vers le maire et son adjoint Mongeron qui ne veulent pas de bouleversements au Puget, vers Pierrette décidée à supprimer ceux qui l'empêchent d'hériter de son frère ?

— Tu vas avertir les gendarmes ? demande Jules.

— Oui, bien sûr !

Jules fait la moue, les mains au fond des poches de son bermuda rouge.

— C'est de ma faute ! fait-il au bord des larmes. C'est moi qui t'ai demandé de jouer de l'orgue et moi qui ai une oreille de lynx, j'ai rien entendu.

— T'en fais pas ! On trouvera le coupable.

— Si tu comptes sur les gendarmes, tu te trompes. Ils veulent surtout qu'on leur foute la paix !

Le gamin fait quelques pas en direction du soleil, donne un coup de pied à un caillou qui roule dans le taillis, revient vers Pablo, et sort de sa poche un billet de vingt euros.

— Tiens, c'est ce que ma mère m'a donné pour m'acheter ce qui me fait plaisir chez mon père. C'est pour t'aider à payer la réparation.

Pablo sourit et lui rend son billet.

— T'en fais pas pour ça. Garde tes sous.

— C'est donc vrai que tu es riche ? Ma mère dit que tu es le plus riche de la région.

— Ça n'a pas une grande importance !

Quelques minutes plus tard, Pablo téléphone aux gendarmes, qui viennent constater les dégâts. Il leur montre la feuille trouvée accrochée au guidon. Puis après avoir contacté Paulo, le mari de Lorraine, pour faire réparer son engin, Pablo rentre chez lui, dans la voiture des gendarmes.

— Bof, fait le commandant Ledru, ne vous en faites pas. Ils ont voulu vous faire peur...

Les électriciens sont repartis. Le réfrigérateur et le chauffe-eau fonctionnent. Pablo peut enfin prendre une douche. Il songe à trouver quelqu'un pour faire le ménage dans cette maison qui sera sous peu très agréable.

Il va s'asseoir à l'ombre d'un figuier épargné par la serpe de Boïko. Il hésite. Ceux qui ont brisé sa moto n'en resteront pas là. Il sent derrière le calme de cet endroit isolé un volcan sous pression. Et il pourrait bien être le premier englouti par la lave brûlante.

Sans sa moto, Pablo n'est plus libre de se déplacer à sa guise. Il se rend à pied au village. A son arrivée, les regards se tournent vers lui, des commentaires accompagnés de petits rires fusent. Tout à coup, sortant du bistrot, Tom fait irruption devant lui, les poings en avant, vociférant des menaces.

— Tu as intérêt à déguerpir d'ici, sinon je te troue la peau !

— C'est toi qui as cassé ma moto ?

— C'est ta gueule que je vais casser !

Pablo fait face. Il a pratiqué le judo dans sa jeunesse, mais ne se sent pas de force pour vaincre cette montagne de muscles en colère. Paulo, qui a assisté à la scène, fait irruption. Il n'est pas très grand et plutôt malingre.

— Tom, tiens-toi tranquille.

— Et quoi encore ? Gaëlle est partie ! Elle a pris son sac et m'a envoyé un SMS en me disant de ne pas l'attendre ce soir, qu'elle ne rentrerait plus jamais !

— Je t'en prie, garde ton calme !

Tom s'éloigne en criant à la cantonade :

— Regardez-moi, je suis le cocu !

Pierrette, qui de chez elle a entendu l'esclandre, accourt et se plante devant son gendre.

— Arrête de faire du grabuge. Ça ne sert à rien de crier. Il faut agir en silence.

Tom s'effondre, pleurniche et suit sa belle-mère sans opposer la moindre résistance, comme un enfant perdu.

— Elle supporte pas que je m'approche d'elle. Dès que je veux la prendre dans mes bras, elle me repousse comme si j'étais une bête puante ! Je vais aller me pendre ! gémit-il, pitoyable.

— Quand l'Espagnol sera parti, tout rentrera

dans l'ordre ! Il emmerde tout le monde, alors tu ne dois pas hésiter !

Tom fait face à sa belle-mère avec la conscience de ne pas être à la hauteur. Après tout, il n'est qu'un ancien jardinier de Peyruis. Gaëlle est beaucoup plus instruite que lui. Pour elle il a voulu devenir quelqu'un. Son projet de pisciculture n'était pas mauvais, mais on s'est acharné à lui mettre des bâtons dans les roues. Les autorisations administratives qui ne venaient pas, les banques qui refusaient de lui prêter de l'argent. Il a manqué de persuasion et n'a pas eu de chance, Tom, toujours du côté des perdants.

— C'est de ma faute ! Je suis un incapable et je comprends que Gaëlle ne veuille plus vivre avec un moins que rien !

Pierrette n'entre pas dans son jeu. Elle lance un regard méprisant à ce gros mou qui ne mérite pas sa fille.

— Tu as toutes les billes en main. Tout s'arrangera si tu ne te montres pas lâche !

Pablo suit Paulo à son atelier. Sa moto est là sur la remorque. Le mécanicien montre les dégâts et annonce que la réparation prendra du temps.

— Je peux vous prêter une moto en attendant.

C'est ce que Pablo était venu lui demander. Pendant qu'ils discutent ainsi, les gens se sont rassemblés sur la place, des retraités, bien sûr, et quelques éleveurs de chèvre qui se trouvaient là par hasard. Ils sont au courant du projet de Pablo. Des cris hostiles fusent quand ils l'aperçoivent sur le trottoir.

— Repartez chez vous ! hurle quelqu'un. On ne vous a rien demandé !

Les plus audacieux s'avancent, prêts à en découdre. Les autres suivent un peu en retrait.

Pablo recule jusqu'à la porte du bistrot. Lorraine se place devant lui.

— Entrez et fermez la porte ! lui ordonne-t-elle, puis se tournant vers les surexcités, elle hurle : Comment vous osez ? Toi, Louis, et toi, Bassin, et toi, Claude, mais qu'est-ce qui vous a pris ? C'est comme ça qu'on accueille les gens ? Vous êtes toujours à vous plaindre que le pays meurt et que vous n'arrivez pas à vendre vos fromages, mais vous avez du vent dans la tête !

— On veut pas de son festival et des touristes ! crie Bassin face à Lorraine.

— Tu me fais pitié ! assène Lorraine en tournant les talons.

Elle claque la porte. Une pierre brise la vitre, une autre percute le mur. Pablo, debout au milieu de la pièce, ne sait que faire.

— Vous allez sortir par-derrière ? Paul va vous amener une moto pour vous en aller. Vous faites pas de bile pour ces idiots. Le maire, qui fait tout ce que Mongeron lui demande, leur a bourré le mou. Ils finiront par reculer.

Pablo s'éloigne sur sa moto d'emprunt. Il laisse le véhicule devant la porte de sa maison. Une femme svelte, dont le short très court découvre les belles cuisses, arrive par le sentier. Agathe lui sourit.

— Jules m'a parlé de l'orgue. Vous êtes un grand musicien !

— Non, je ne suis qu'un petit amateur, mais j'aime beaucoup.

— Jules a fait la comédie pour ne pas aller chez son père, à Marseille. Depuis que vous êtes ici, il ne parle que de vous et m'a dit que vous alliez lui donner des leçons de musique. Cela signifie-t-il que vous allez vous fixer ici ?

— Je ne sais pas encore.

— Si j'osais... je vous inviterais à dîner ce soir. Nous pourrions bavarder tranquillement et comme nous sommes voisins, c'est mieux de se connaître.

— Pourquoi pas ? répond Pablo en souriant.

— Alors, c'est d'accord, à ce soir ! dit la jeune femme en faisant demi-tour.

Pablo demeure un moment indécis. Il a bien compris qu'Agathe s'ennuie dans ce village de vieux où elle reste pour Jules. Il monte sur sa moto et s'en va à la maison de retraite d'Ongles.

Le ciel se charge de nuages sombres, l'orage risque d'éclater avant la nuit.

Il demande à une employée en blouse blanche s'il est possible d'emprunter un fauteuil roulant pour emmener un résident en promenade. L'infirmière lui répond que tout est prévu à cet effet et lui propose de l'aider. Ils se rendent dans la chambre d'Albert, qui s'étonne puis se réjouit.

— Pablo, voilà que tu viens me voir de nouveau. Comme je suis content !

— Je vais vous emmener en promenade avant l'orage.

Albert est paralysé des deux jambes et ne peut se déplacer qu'à la force des bras. L'infirmière et Pablo l'assoient sur le fauteuil. Il n'est pas très lourd et, depuis sa maladie, son corps autrefois musclé et vif comme celui d'un renard a séché et s'est tassé. Pablo pousse le fauteuil jusqu'à la porte où l'infirmière l'a accompagné.

— Il suffit que vous soyez rentré pour dix-neuf heures, l'heure de la distribution des médicaments et de la soupe.

Pablo pousse le fauteuil sous le regard curieux des résidents assis à l'ombre. Albert a les larmes aux yeux.

— Tu ne peux pas savoir comme tu me fais

plaisir ! Revoir les arbres, l'herbe des fossés, entendre les cigales… C'est formidable. Merci, Pablo, je sais que tu fais ça pour mon ami Adrien. Lui, le pauvre, n'a pas ce loisir.

Ils s'arrêtent à l'ombre d'un chêne au tronc couvert de mousse. Pablo cale les roues, se place en face du vieillard et contemple son visage décharné, son nez assez fort et ses yeux légèrement bridés. Il n'a pas oublié Albert dans la force de l'âge, un homme de cœur, veuf trop tôt, qui a élevé seul son fils. Tant de dévouement pour se retrouver à la fin de sa vie dans cet établissement sans âme, à écouter le silence du temps qui ne passe pas...

— Les gens disaient du mal d'Adrien parce qu'ils étaient jaloux de sa réussite, pourtant pas un ne travaillait autant que lui. Il passait beaucoup de temps dans son bureau. Bien sûr, les Pugetois ne voyaient que l'Adrien qui se promenait dans la campagne, son large chapeau sur la tête ! C'était sa revanche sur le petit boiteux dont tout le monde s'était moqué. Mais il n'a jamais oublié son village et ses projets pouvaient enrichir Le Puget. Au fond, c'était un homme généreux.

— Parlez-moi de Cecilia.

— Qu'est-ce que tu veux que je te dise ? Je ne sais pas ce qui s'est passé !

— J'ai la preuve qu'on l'a tuée !

Albert dresse la tête, ouvre ses yeux profonds aux paupières trop grandes.

— Ah bon ? Mais c'est grave ce que tu dis, Pablo !

— Je suis sûr que vous savez qui a tué Cecilia ! affirme Pablo. Tout le monde le sait, sauf moi.

— Si je le savais, j'en aurais parlé aux gendarmes parce que cette jeune femme en plus d'être belle était adorable et généreuse. On a dit qu'elle s'était mise avec Adrien pour sa fortune, je ne le crois pas. Elle l'aimait, parce qu'Adrien c'était un homme supérieur. Elle avait relancé son projet de festival autour de l'orgue. Ça dérangeait beaucoup de monde, mais de là à la tuer… Non, j'y crois pas !

La promenade se poursuit. Albert admire la campagne qui lui manque tant depuis qu'il n'a plus de jambes. Enfin, comme les nuages se font de plus en plus menaçants, Pablo décide de rentrer. Il aide Albert à s'installer sur son lit. Le vieil homme le remercie. Au moment de partir, il l'attire à lui et lui souffle à l'oreille :

— Méfie-toi de Gaspard Mongeron, l'adjoint au maire, tu sais, le marchand de fourrures à Marseille. C'est lui qui commande. Et puis tu devrais aller faire un tour du côté de Pochoux, c'est à deux kilomètres du Puget. Va voir Christelle Blanqueau. C'est ma jeune sœur, celle qui a travaillé pour Adrien. Je vais lui téléphoner.

Pablo quitte Albert en lui promettant de revenir dès que possible et se rend aussitôt à Pochoux, un hameau perché au flanc de la montagne. Six maisons serrées les unes contre les autres comme pour se protéger du froid et du vent du nord. Il n'y reste plus grand monde, hormis un jeune éleveur qui vit avec sa mère, et deux couples de retraités qui récoltent la lavande sauvage.

L'arrivée du motard est saluée par les aboiements des chiens qui courent après lui. Il s'arrête devant une bâtisse neuve, crépie de frais et entourée d'un petit jardin fleuri. Une minuscule femme qui était en train de désherber un massif de rosiers se dresse et le reconnaît aussitôt. Elle sourit ; Pablo remarque son beau visage à la peau claire, son regard franc qui dégage une impression de bonté.

— Monsieur Sierra, fait-elle, j'espérais votre visite. Mon frère m'a téléphoné.

Pablo sourit à son tour, serre la main tendue et suit la femme dans l'allée qui conduit à la maison. La pensée d'Adrien les rend silencieux tous les deux. Sur l'invitation de Christelle, Pablo entre dans la maison et s'assoit sur un fauteuil en face d'une petite télévision.

— Vous et moi sommes les personnes les plus proches d'Adrien depuis la disparition de Cecilia, dit-elle. Quand vous êtes parti en Espagne faire vos études, il était très triste. C'est alors que j'ai pris mon service près de lui…

Elle soupire et se lève.

— Je ne vous ai rien offert à boire. Voulez-vous une bière, du café ou autre chose ?

— Je veux bien un café ! dit Pablo, étonné par le son feutré de sa voix dans cette pièce remplie d'étagères couvertes de bibelots disposés dans un beau désordre.

Christelle se rend dans la cuisine et revient presque aussitôt avec une cafetière fumante et des tasses posées sur un plateau.

— Il avait commencé la construction de l'orgue. Ça a pris sept longues années. C'était pas rien, il a fallu agrandir la chapelle. C'est à partir de ce moment que les gens l'ont appelé le Fada.

— Et Pierrette, sa sœur, qu'est-ce qu'elle en disait ?

— Elle ne décolérait pas ! Tout ce bon argent dépensé pour une fantaisie ! Est-ce qu'on avait besoin d'un orgue au Puget ? Elle faisait des pieds et des mains pour monter les gens contre Adrien. Je vous le dis, je ne l'aime pas. C'est une méchante femme !

— Cecilia a été tuée. Je voudrais démasquer le coupable. Il faut que vous m'aidiez, annonce Pablo.

Christelle remplit les deux tasses de café et tend le sucrier à Pablo. Elle réfléchit un instant et poursuit l'évocation de l'homme qui, visiblement, a beaucoup compté dans sa vie.

— Adrien était trop grand pour notre région. Il dérangeait. Et puis il était riche, cela est toujours suspect dans un pays aussi misérable.

— Vous ne m'avez pas répondu ! dit Pablo en souriant pour atténuer son reproche.

— Quand Cecilia est arrivée à la maison du

Fada, je suis partie. On ne pouvait pas vivre toutes les deux près d'Adrien.

— Cecilia ne l'a pas quitté, précise Pablo. Elle a été assassinée et j'en ai la preuve.

Christelle pose sa tasse, prend un mouchoir dans le paquet sur la tablette à côté de la cafetière, fond en larmes. Pablo est tellement surpris par cette réaction inattendue qu'il en reste sans voix. Enfin, Christelle inspire, s'essuie le visage et lève ses grands yeux pleins de larmes.

— Je l'ai détestée. Oui, vraiment, ce n'est pas charitable, mais c'est la vérité. Elle m'a pris Adrien. Elle avait tout pour ça : la jeunesse, la beauté, et elle était plus instruite que moi.

Elle comprend le regard interrogateur de Pablo et se braque.

— Qu'est-ce que vous allez croire ? Si j'avais fait ça, pensez-vous que j'aurais le courage d'aller à la messe tous les dimanches et de communier avec mon Dieu qui est amour ?

— Il faut que vous m'aidiez, insiste Pablo.

— Même si je le voulais, je ne pourrais pas. Cecilia est partie un matin au volant de sa voiture rouge de sport. Elle faisait la fringante et aimait traverser le village en faisant ronfler le moteur. Donc elle est partie et on n'a plus eu aucune nouvelle.

— On n'a pas retrouvé sa voiture ?

— Non, rien, ce qui a fait dire aux gendarmes qu'elle s'était enfuie. Pour eux, c'était simple, la belle avait plumé Adrien et, en apprenant qu'il était très malade, avait fui à la recherche de nouvelles aventures. Ne pensez pas que quelqu'un aurait pu l'assassiner.

Avant de rentrer chez lui, Pablo fait un détour par la maison de retraite. Albert ne s'étonne pas de la nouvelle visite.

— Alors, tu as vu Christelle ?

— Oui, répond Pablo en s'asseyant en face du vieil homme. Et je me pose encore beaucoup de questions.

— Cette pauvre fille ! soupire Albert. Adrien a été son bonheur et son plus grand malheur. Ça a été très dur quand Cecilia est arrivée.

— Elle me dit que Cecilia est partie avec sa voiture. Je m'étonne qu'on n'ait jamais retrouvé ce véhicule rouge, d'un modèle peu courant. Vous qui étiez partout à la fois, vous savez peut-être où elle est ?

— Non. Je ne sais rien. D'ailleurs, j'étais persuadé qu'elle était partie. Alors je n'ai pas cherché. Et puis, le pays est grand. Il y a des endroits dans la montagne où personne ne passe jamais et, même si tu y allais, tu ne la verrais pas forcément. Les gens d'ici ne sont pas des assassins !

— Ils n'ont pas hésité à casser ma moto et me menacer de graves ennuis si je ne partais pas !

— Ça ne leur ressemble pas. La seule chose que je peux te raconter, c'est comment la maison du Fada a brûlé ! poursuit Albert. C'était un mercredi du mois de juillet, il y a deux ans. Un terrible orage a éclaté, un de ces orages pleins de feu et sans une goutte d'eau. Adrien, très malade, était parti à Aix où il avait loué un appartement près de l'hôpital. La foudre a dû mettre le feu. Les flammes montaient jusqu'aux nuages. Paraît qu'on les voyait depuis Manosque. Les pompiers sont arrivés beaucoup trop tard et ils n'avaient pas assez d'eau. La maison a brûlé pendant huit jours, les murs se sont écroulés. Les gens disaient que l'incendie avait enlevé la verrue du village. Ça faisait bizarre de ne plus la voir…

Pablo a toujours été persuadé qu'Adrien lui-même a mis le feu à sa maison. Malgré sa maladie, il était assez retors pour profiter de l'orage. N'avait-il pas toujours assuré que, sans Cecilia, cette maison n'avait plus aucun intérêt ?

Une fois chez lui, le jeune homme se souvient qu'il a accepté de dîner avec la mère de Jules. Le temps de se changer, de se raser et le voilà prêt. Il descend le sentier jusqu'à la maison neuve en contrebas. Agathe l'attend. Elle aussi a fait un effort de toilette, minijupe noire et chemisier blanc. Pablo est gêné face à cette femme sensuelle aux attitudes engageantes. Elle a dressé la table sur la terrasse, avec juste deux assiettes.

— Et Jules ?

— Il est chez son père. Il faut bien qu'il le voie de temps en temps.

— C'est un petit sauvage, mais il a beaucoup

de talent. Il faut absolument lui faire travailler la musique.

Agathe fait une petite moue. Elle semble dépassée par ce jeune garçon si remuant qui occupe ses journées à courir dans la montagne.

— Je ne suis pas une très bonne cuisinière, prévient-elle, à court de réponse. Fort heureusement, le traiteur de l'Hospitalet est excellent.

Ils s'assoient l'un en face de l'autre. La nuit tombe lentement, et à mesure qu'il boit du vin rosé très frais, Pablo a l'impression de voir Gaëlle… Cela le met mal à l'aise. Agathe parle beaucoup, de sa vie antérieure avec son mari, Fabien, mais ses propos reviennent toujours à Jules.

— Il est très difficile. J'aimerais qu'il passe plus de temps chez son père. Ici, il est livré à lui-même. Un véritable petit animal sauvage.

Pablo sourit pour montrer qu'il suit la conversation, mais ses pensées sont ailleurs. Comment retrouver celui ou ceux qui ont tué Cecilia ? Plus il y réfléchit, plus le regard méchant de Pierrette s'impose à lui.

Le repas se poursuit agréablement. Agathe évoque son travail, ses collègues, son métier d'enseignante, Pablo parle de sa vie à Madrid, ses patients, son quotidien de célibataire.

— Vous n'allez pas me dire que vous n'avez pas d'aventures ; les femmes ne doivent pas manquer autour de vous !

— C'est peu de chose !

Elle comprend. Au village, Pablo et Gaëlle – qui a quitté son mari et ses filles – sont au centre de toutes les conversations.

— Le pays de Lure ne lâche pas ceux qu'il prend, dit Pablo après un silence. Il est comme ces personnes sans beauté apparente, mais dont on ne peut pas détacher ses yeux.

— Après mon divorce, j'ai eu tort de rester ici avec Jules, confie Agathe. Maintenant, c'est trop tard, il n'acceptera jamais d'aller vivre ailleurs. Moi, je m'ennuie beaucoup. Il n'y a personne et les premières distractions sont à Aix, c'est-à-dire très loin !

A la fin du repas, Pablo ne s'attarde pas. Agathe est déçue, cela se lit sur son visage fermé.

Elle aurait aimé qu'il reste plus longtemps, mais Pablo n'est pas à l'aise. Il rentre chez lui, conscient de fuir une femme sensuelle qui l'attire.

Il allume la lumière qui donne un aspect nouveau à cette petite pièce, une intimité qui lui avait échappé. Il s'installe sur un fauteuil, tente de mettre en marche la télévision, mais n'y parvient pas. Pour s'occuper, il ouvre le cahier toujours sous le pot de fleurs. Il reprend la lecture des pages manuscrites : *Louis Lespinet est mort brutalement d'une attaque au cœur. Je l'ai remplacé à la tête de ses entreprises. Elisabeth ne lui a pas survécu plus de six mois. Alors a commencé pour moi une période de travail intense. J'ai fait construire une très belle maison à La Rochelle et j'ai pris Maria et Alfonso à mon service. Elle était la cuisinière des Lespinet, lui s'occupait du parc. Tu es né peu de temps après...*

Pablo lève les yeux. La lecture demande beaucoup d'attention. Le silence l'opprime au point qu'il a envie de rejoindre Agathe. Mais il ne bouge pas, son corps est lourd d'une fatigue amassée au fil des jours. Son esprit vogue de pensée en pensée, l'image du décolleté d'Agathe sur des seins magnifiques s'impose un instant avant de laisser la place à la question qui le taraude : où est cachée la voiture de Cecilia ?

Par cette voiture, il remontera au meurtrier. Mais comment la retrouver ?

Le lendemain, Pablo a mal à la tête. Probablement à cause du vin rosé. Le regret de ne pas être resté avec Agathe, le mystère de la voiture de Cecilia l'ont tracassé une partie de la nuit. C'est la première fois qu'une femme le tente au point de le divertir de Gaëlle. Dans la nuit, au bord du sommeil, il a espéré que sa voisine viendrait frapper à sa porte, sous un prétexte quelconque. Mais aucun pas sur le gravier n'a troublé le silence de la cour.

Il sort. Un vent frais lui fouette le visage. En contrebas, il aperçoit la maison d'Agathe. Que fait-elle ? Est-elle encore au lit ? Il l'imagine allongée, le drap découvrant une jambe légèrement repliée, son visage paisible, ses cheveux étalés sur l'oreiller. C'est l'heure où les troupeaux se déplacent dans un bruit de sonnailles. Les rapaces tournent au-dessus de la vallée bleue, sans le moindre battement d'ailes. Les cigales se taisent, ce qui donne une solennité à l'étendue verte et ocre, aux sommets illuminés d'une lumière transparente.

Il revient chez lui vers onze heures. Le soleil écrase les collines. Les cigales égrènent de nouveau leur crissement métallique. L'air vibre, les taillis tremblent sous une chaleur intense. De la hauteur où il se trouve, Pablo contemple sa maison aux pierres brunes, celle d'Agathe, et la rue qui va vers le centre du village. Un tracteur se dirige vers un champ. Il règne une sérénité apaisante, l'impression d'être hors du monde, épargné par le tourbillon de la mondialisation.

Accroché à la porte de sa maison, Pablo voit un oiseau mort aux yeux jaunes grand ouverts. C'est une chouette avec ses deux touffes de plumes qui ressemblent à des oreilles. Il comprend que ce n'est pas une plaisanterie. Les mêmes causes entraînent les mêmes effets : en voulant reprendre le projet de festival, il s'expose aux mêmes risques que Cecilia.

Il détache l'oiseau, regarde autour de lui comme s'il espérait découvrir les coupables d'un acte aussi stupide et va jeter l'animal mort à l'écart dans le bosquet où les renards auront tôt fait de le trouver. Une voiture s'arrête dans la cour. Le maire, en personne, en descend vivement. Sur son visage bouffi, la sueur roule à grosses gouttes. Le petit homme salue Pablo d'un geste de la tête sans lui tendre la main, ce qui est ici une offense.

— Voilà, annonce-t-il sur un ton bourru, le préfet vient de passer outre à ma décision et donne le permis de construire pour votre village de vacances. Tous les Pugetois sont en colère.

— C'est pour me le dire qu'on a cloué une chouette morte sur la porte de ma maison ?

— Les papiers du permis de construire sont à votre disposition à la mairie. Vous pouvez commencer les travaux, mais je doute que ce soit sans incidents !

Le maire monte dans sa voiture, claque la portière et démarre en trombe Pour Pablo, c'est une déclaration de guerre. Il décide de ne pas descendre déjeuner, redoutant un nouvel attroupement hostile. Il passe dans la chambre où les volets clos maintiennent une pénombre fraîche. Il s'allonge sur le lit. L'idée que Gaëlle pourrait être du côté de ses adversaires lui fait mal. Puis il se dit que ce n'est pas possible ; la Gaëlle dont il se souvient ne savait pas mentir, ni tricher. Elle vient de quitter Tom. N'est-ce pas la preuve qu'elle aussi, n'a pas oublié ? Il secoue la tête comme un animal qui s'ébroue.

Des pas courent jusqu'à la porte restée ouverte. Pablo sourit quand il entend la voix fluette de Jules :

— Pablo, tu es là ? Dis donc, elle est chouette ta nouvelle moto !

Pablo sort de la chambre. La présence de Jules lui fait beaucoup de bien en remettant chaque chose à leur place.

— Qu'est-ce que tu fais là ? Je te croyais à Marseille, chez ton père.

Jules a un sourire espiègle et enfonce ses poings dans les poches de son bermuda.

— Je lui ai fait la vie tellement difficile qu'il s'est mis en colère et m'a ramené ici. Exactement ce que je voulais.

— C'est pas bien, ça ! réplique Pablo tellement heureux de retrouver ce compagnon qui furète partout.

— Moi, je ne suis heureux qu'ici. Là-bas, je m'ennuie.

— Tu as des copains ? demande Pablo.

— Oui, quelques-uns, mais pendant les vacances, j'ai mieux à faire qu'aller les voir. Ils passent tout leur temps sur leurs tablettes à faire des jeux qui ne m'intéressent pas. Moi, je préfère la montagne et les animaux.

Le retour de Jules rapproche Pablo et Agathe d'une manière rassurante. L'Espagnol oublie un peu la femme attirante au profit de la mère d'un petit garçon pour lequel il a de l'affection.

— Dis-moi, toi qui vois tout, qui sais tout ce qui se passe ici, tu n'as pas vu une voiture de sport abandonnée dans quelque ravin ?

— Toi, tu penses encore à la poule du Fada. Je suis allé voir les babos de Peyrefraîche.

— De qui tu parles ? C'est qui ces babos ?

— A Peyrefraîche. C'est juste en dessous du Puget. Ça a été une sacrée histoire quand ils sont arrivés. Le village était habité par une seule personne, un vieux sans dents qui ne savait parler que la langue d'ici. Il est parti à la maison de retraite et il a vendu sa maison à un babos qui a fait venir ses copains. Je peux te dire que ça a fait du rififi. Viens, je vais te montrer.

Jules emmène Pablo dans un sentier qui serpente à travers la montagne nue. Ils longent le cours d'un torrent et arrivent à une falaise où l'on voit les plis de la terre compressée.

— On va passer par là, on a une vue imprenable sur le village et ils ne nous voient pas. Ils ont des chiens, mais ce sont des bâtards sans flair.

La falaise descend en pente douce jusqu'à un bosquet d'épineux. Le gamin se faufile entre les branches hérissées. Pablo marche sur ses pas, conscient de sa maladresse par rapport à l'agilité de Jules qui s'est posté derrière une pierre plate dressée comme un bouclier dans le taillis.

Le hameau est à un peu plus de cent mètres de là, dans une cuvette où coule un torrent. Quelques maisons délabrées, des potagers abandonnés témoignent d'une vie ancienne. Tout autour, des champs retournent à la garrigue. Plusieurs inconnus prennent le soleil sur une sorte de place, des hommes aux larges crinières de cheveux et de barbe, des femmes très légèrement vêtues. Jules s'approche de Pablo et lui souffle :

— Ils puent comme des blaireaux. Ils se lavent jamais. Et souvent, ils se promènent nus. Si tu savais ce que j'ai vu...

— Qu'est-ce que tu as vu ?

— J'ose pas le dire, fait le gamin avec un air coquin. Des fois, ils dansent, nus, et ils font des choses. Quand je m'ennuie, quand je sais pas quoi faire, je viens ici, c'est toujours amusant de les regarder vivre. Parfois, ils viennent au village. Les gens disent qu'ils sont riches ! C'est chouette la vie comme ça, sans rien faire, sans se laver. Paraît qu'ils cultivent la terre et produisent de quoi se nourrir. Qu'est-ce que tu veux de plus ?

Trois adolescents sortent d'une maison et se poursuivent en poussant des cris joyeux.

— Ils ne vont pas à l'école. C'est un des babos très instruit qui fait la classe. C'est chouette, tu crois pas ?

— J'ai quelque chose à te demander, dit Pablo mal à l'aise.

Malgré leurs excès, leur envie de provoquer, ces dégoûtés de la modernité montrent peut-être un chemin oublié, celui d'une humanité immuable revenue aux gestes premiers de la survie, une agriculture simple, un artisanat réduit à l'essentiel dans un respect total de la nature et des gens.

Ils s'éloignent. L'attitude de Pablo rend Jules perplexe. De retour au Puget, ils s'arrêtent à l'ombre d'un grand pin aux larges branches. Sur son téléphone, Pablo trouve sur Internet une voiture rouge identique à celle de Cecilia, et la montre à Jules.

— Tu vois, cette voiture, elle est chouette, non ?

— Tu veux dire une voiture de ouf ! Tu veux t'en acheter une ?

— Non. Tu ne saurais pas où il y en a une abandonnée quelque part dans la montagne ?

Le garçon examine longuement la photo, prend un air supérieur.

— Je t'ai dit que non ! Abandonner une voiture comme celle-là, c'est chelou ! Bon, si tu veux, je peux chercher. Qu'est-ce que tu me donnes si je trouve ?

— Deux cents euros !

Jules secoue négativement la tête.

— Ça vaut plus que ça !

— Disons deux cent cinquante.

— Non, je veux une guitare.

— D'accord, si tu trouves, je t'emmène à Digne acheter une guitare.

Le visage de Jules s'allume. Une guitare ! Depuis longtemps il en rêve et ses parents, qui pourtant lui passent presque tout, ont toujours refusé cet achat. « Ton harmonica, c'est bien suffisant pour casser les oreilles à tout le monde ! » a conclu Fabien. Agathe, elle, n'a rien dit, preuve qu'elle finira par céder, mais une guitare venant de Pablo sera sûrement meilleure. Il va en faire, de la belle musique !

— Bon, dit-il en roulant les épaules. Je vais voir ce que je peux trouver. Ce soir, à la nuit tombante, je te montrerai quelque chose. Un grand secret !

Le jeune garçon déguerpit. Pablo s'étonne qu'il ne lui ait pas parlé de sa mère et du dîner de la veille. Peut-être qu'Agathe n'en a pas parlé, preuve d'une complicité souhaitée, une relation discrète dont il ne sait que penser.

Pablo rend une nouvelle visite à Albert. Le vieillard le ramène à l'enfant qui ressemblait à Jules et qu'on appelait l'Espagnol. C'est aussi une manière de ne pas céder à sa tentation de plus en plus forte : retrouver Gaëlle pour avoir une véritable explication avec elle.

Une fois encore, Albert est heureux de partir en promenade. Pablo l'aide à s'asseoir sur sa « charrette », comme il appelle le fauteuil roulant. Ils traversent la cour, se dirigent dans un chemin en direction de la forêt. Ils restent silencieux jusqu'à l'ombre. Albert a pris un large chapeau de paille qui couvre ses maigres épaules.

— Alors, où tu en es ?

— Le préfet a donné le permis de construire. Les travaux vont bientôt débuter.

— Ici, tout est encore naturel. Les gens que tu vas faire venir vont tout piller. La paix, ça sera bien fini ! C'est ça que tu veux ?

— Vous préférez ces bandes de jeunes citadins qui s'implantent dans les villages abandonnés ?

— Je suis trop vieux pour avoir une idée. Je ne suis plus d'ici !

— Pourquoi vous ne m'aidez pas à retrouver le meurtrier de Cecilia ?

Albert se dit fatigué. Pablo comprend que le vieil homme ne veut toujours pas parler. Alors, il insiste :

— Pour l'amitié qui vous liait à Adrien, et parce qu'il me considérait comme son fils, aidez-moi.

— Tu es têtu ! Je t'ai dit que je ne savais rien. Et puis, l'assassin ne peut pas être du Puget ! Rentrons, j'ai besoin de me reposer.

Après avoir ramené Albert à sa chambre, Pablo retourne au Puget. Il a pris une décision ; il va parler aux gens avec franchise. Tous ne sont pas bornés et beaucoup comprendront que ses intentions ne sont pas de conduire le pays à la ruine, mais au contraire, de le faire vivre. Il s'arrête chez Lorraine où se trouvent les habituels vieux qui viennent chercher là l'illusion d'une compagnie. Lorraine a disposé des tables sur le trottoir à l'ombre des platanes. Plusieurs personnes, des touristes égarés, boivent des rafraîchissements en bavardant.

Lorraine lui sourit. Son regard franc, sa manière de parler incitent Pablo à lui faire confiance. A force de recevoir les confidences des uns et des autres, la bistrotière occupe une place à part dans le village. On ne la voit presque jamais loin de son comptoir ; bien qu'elle n'ait pas le temps de participer aux manifestations de la vie locale, ses avis sont toujours écoutés.

— Je pense que vous n'avez pas mangé ? demande-t-elle à Pablo.

— Je n'ai pas faim. Je voudrais organiser une réunion pour exposer le projet d'Adrien parce qu'on raconte n'importe quoi. Est-ce que je peux louer votre grande salle des banquets ?

Lorraine voit là l'opportunité d'une recette inattendue et accepte, même si elle redoute les écarts.

— On va faire une affiche qu'on placardera sur la porte, propose-t-elle. Pas besoin d'en mettre plusieurs. La nouvelle va se répandre comme une traînée de poudre et les curieux ne manqueront pas.

Lorraine part chercher de grandes feuilles de papier dans une pièce qui lui sert de bureau et écrit avec un gros crayon feutre : « Projet pour Le Puget. Réunion mardi 16 juillet, café de Lorraine ».

L'affiche est collée sur la porte vitrée du bistrot. Finalement, ils en collent une deuxième sur le tronc d'un platane au milieu de la place et enfin une troisième devant la mairie. Satisfait, Pablo rentre chez lui. Agathe, qui devait l'attendre, arrive avec Jules.

— Dis, Pablo, tu ne veux pas jouer de l'orgue pour ma mère ?

Ils se rendent à la chapelle. Jules les précède. Agathe et Pablo marchent sans échanger un mot ; le départ rapide de Pablo après le dîner de la veille les sépare encore.

Jules sort vivement de la chapelle, fonce dans le sentier à leur rencontre en agitant les bras.

— Ils étaient deux ! Je crois que j'en connais un. Ils tapaient sur l'orgue et quand ils m'ont vu, ils ont foutu le camp !

Pablo se précipite dans la chapelle. Jules est arrivé à temps. Les vandales ont pu casser quelques panneaux de bois, mais la mécanique et les tuyaux sont intacts.

— On a eu de la chance ! Je me demande si je ne vais pas faire mettre une serrure à la porte, dit Pablo.

— Allez, joue, insiste Jules. Maman, tu t'assois là et tu écoutes.

Pablo monte le petit escalier et s'installe devant le clavier sous le regard admiratif de Jules. Il avance une main, les doigts écartés. L'envie d'appuyer sur les touches est forte, mais l'appréhension le retient face à ce monstre capable de déchaîner un bruit de fin du monde ou une mélodie aussi délicate que son minuscule harmonica.

Pablo se met à jouer et le charme opère de nouveau. Jules, resté debout, écoute, la bouche entrouverte, le regard perdu dans le vague. Il ne pense à rien, plein d'un bonheur sans nom, immense et léger.

Quand la musique s'arrête, il redevient lui-même et dévale l'escalier.

— Maman, tu as entendu ?

Elle ne répond pas, prise par cette féerie des sons qui mettent de l'or dans la lumière, qui font une âme pure comme l'eau du torrent. Quand Pablo les rejoint, elle se lève lentement et l'attire à lui.

— Merci, dit-elle. Je comprends à présent qu'on puisse travailler pendant plusieurs années pour faire ce prodige.

Ils quittent la chapelle. Jules part devant, laissant sa mère marcher près de Pablo, silencieux. Ils se séparent sans un mot, réunis par-delà le temps et le lieu, là où seule la musique peut emmener. Jules arrive en montrant une chaîne rouillée.

— Regarde ce que j'ai trouvé. Cette chaîne et un cadenas. On va aller fermer la porte, comme ça personne ne pourra casser l'orgue.

— Ça, c'est une bonne idée.

Ils remontent tous les deux à la chapelle. Deux trous sur les battants de la porte permettent de passer la chaîne. Jules ferme le cadenas.

— J'espère que tu as la clef ?

L'enfant lui tend une minuscule clef que Pablo enfonce dans sa poche.

— Il ne faut pas la perdre !

— T'occupe, j'en ai une autre ! fait le gamin en déguerpissant à toutes jambes.

Le temps va encore changer. Le ciel s'assombrit sur l'horizon, annonçant l'orage. Pablo monte sur sa moto et s'éloigne dans la campagne, traverse plusieurs villages tous semblables, endormis sous la lumière d'été. Puis il rentre chez lui sans être apaisé. Jules devait le guetter puisqu'il arrive aussitôt sur son vélo. Le gamin tend la main vers les nuages.

— C'est pas pour tout de suite, mais pour le milieu de la nuit.

— Comment tu le sais ?

— Ça se voit, non ? Et puis c'est une année à orages. Mais c'est pas pour ça qu'il pleut !

Comment Jules, le gamin moderne, né à l'époque d'Internet, des tablettes et des jeux vidéo, peut-il connaître ainsi les secrets de cette région austère ? Comment ce gamin comprend-il ces étendues de pierrailles et d'épineux ? C'est un des meilleurs chasseurs de grives de la région et pourtant personne ne lui a donné la moindre leçon. Par quel miracle cet enfant né après l'an 2000 a-t-il pu acquérir l'instinct des anciens braconniers, des hommes de cette terre ?

— Viens, dit le jeune garçon. Je t'ai promis de te montrer un secret, mais il ne faudra en parler à personne.

Pablo suit le gamin dans le sentier qui s'éloigne vers la forêt un peu en contrebas.

— Faut pas faire de bruit et avancer contre le vent.

Tel un félin, il se faufile entre les aubépines sans les déranger, sans le moindre bruit. Il se tourne de temps en temps pour s'assurer que Pablo est toujours là. Ils arrivent à un petit val plus fourni en une végétation de buis, de ronciers et d'églantiers. Jules s'immobilise et fait un signe de la main à Pablo.

— Maintenant, plus un mot. On se cache là et on attend. Bon, ils me connaissent parce que je viens les voir souvent, mais ils auront peur de toi, alors reste en arrière.

Ils s'accroupissent et ne bougent plus. Pablo se prend au jeu près de cet extraordinaire gamin. Ils patientent un instant, puis le miracle qu'avait prévu Jules se produit. Un premier animal approche, lève la tête comme s'il avait reniflé une odeur suspecte, puis s'enfonce vers le fourré d'où surgissent deux autres animaux. Brun foncé, ils dardent leurs oreilles pointues dans la direction des hommes. Puis, ils s'éloignent, disparaissent dans les taillis. Jules souffle à l'oreille de Pablo :

— Ils se méfient. Ils t'ont senti. Moi, c'est pas pareil, ils savent que je suis leur ami.

— Dis-moi, s'étonne Pablo, ce sont des...

— Ben oui, des loups ! Ceux qui font si peur, tu as vu comme ils sont tranquilles ! Normalement ils sont cinq, mais les deux autres n'ont pas osé se montrer. De beaux loups de Lure !

— Mais tu es le seul à savoir qu'il y a des loups ici !

— Bien sûr que non ! se moque Jules. Tout le monde le sait. Tu comprends pourquoi des patous gardent les troupeaux. Tu me jures que tu n'en parleras à personne ? L'année dernière, je l'ai dit à Boïko et il les a sauvés des bracos !

L'évocation du Rom étonne Pablo. Jules ne lui a-t-il pas dit que c'était un ogre et qu'il s'en méfiait ? Jules comprend la réaction de Pablo et dit avec un sourire mutin :

— J'avais pas confiance en toi. Boïko, c'est mon copain. C'est vrai, il chasse le gros gibier, mais il n'est pas méchant malgré son apparence d'ours. Et puis, il aime ma musique ! Il dit que je joue comme un Rom.

— Il tue des bêtes pour vendre la viande. Ça te convient ?

Jules paraît gêné par cette remarque. Il fait quelques pas, revient vers Pablo, les mains dans les poches, comme un véritable petit homme.

— J'ai eu tort de te le dire. Boïko est un gentil. Je voulais t'épater. Surtout n'en parle à personne, il saurait que je l'ai trahi. Viens, l'orage va arriver plus vite que prévu.

Ils rentrent en silence, Jules marche devant, tout fier de sa supériorité sur Pablo dans ces montagnes que l'Espagnol connaît pourtant bien.

Agathe l'invite à dîner avec eux et le petit garçon insiste pour qu'il accepte. A la fin du repas, il rentre chez lui. La nuit est tombée. Des éclairs allument les cimes. Pablo s'assoit sur un fauteuil. Le cahier trouvé dans le tuyau de l'orgue est toujours sous le pot de fleurs. Il le prend distraitement, l'ouvre à une page.

Maria est une femme formidable. Quand ton père Alfonso était vivant, elle était gaie et riait tout le temps. Elle entretenait ma maison avec tant de goût que je ne savais comment la remercier. Elle chantait le flamenco à merveille et Alfonso l'accompagnait à la guitare. Nous avons passé de si belles soirées tous les trois.

Ton père s'occupait du jardin. Il y avait un puits abandonné depuis longtemps. J'avais l'intention de le remettre en état et Alfonso s'est proposé pour le faire. Il a voulu descendre en se tenant à une corde. Mais elle était mal attachée et il est tombé au fond, une chute d'une vingtaine de mètres. Quand les pompiers l'ont ressorti, il était mort.

A la suite de ce drame, Maria est devenue la femme que tu as connue. Toujours vêtue de noir, et ne disant pas dix mots par jour. Elle continuait de s'occuper de la maison, mais pas avec autant de grâce et de fantaisie.

Moi, je me sentais coupable et je ne supportais plus

d'habiter La Rochelle, alors j'ai tout vendu et je suis venu au Puget. Maria a suivi. Je lui ai proposé de retourner en Espagne et de l'aider, elle a refusé. Elle avait bien compris que tu étais pour moi le fils que je n'aurais jamais.

Pendant la première partie de son enfance, Pablo ne s'était guère soucié de son père, même si on l'appelait parfois le petit bâtard. Il avait Maria, Adrien, et cela lui suffisait. A l'adolescence, il avait commencé à se poser des questions. Il n'en avait pas parlé à Adrien. Il le redoutait, bien que celui-ci n'ait jamais levé la main sur lui. Un soir, au retour du lycée, alors que Maria avait préparé un bol de lait chaud et tartinait une tranche de pain grillé, il lui avait demandé :

« J'ai une mère, mais j'ai aussi un père… »

Elle lui avait adressé son regard noir et profond. Puis elle lui avait caressé la joue et s'était éloignée sans un mot. Ce contact, si rare, avait beaucoup ému le jeune garçon. Il y avait senti une telle émotion silencieuse qu'il n'avait jamais osé répéter sa question.

Le tonnerre gronde amplifié par l'écho des montagnes. Pablo sort sur le pas de la porte, s'assoit sur une marche et écoute le roulement de l'orage. Un claquement le surprend. Ce n'est pas la foudre, mais une arme à quelques pas de lui. Il rentre précipitamment, allume et découvre la vitre brisée d'une fenêtre. Une cruche ancienne posée sur un buffet a volé en éclats. Qui a tiré ce coup de fusil ? Il voit nettement, sur le mur, la trace du projectile. Il ferme vivement la porte comme si l'assaillant était là, prêt à recommencer.

Pablo va s'allonger sur son lit. Ainsi, loin de la fenêtre, il ne risque pas d'être touché. Quand il sombre enfin dans le sommeil, un rêve curieux l'agite : une jeune femme, cachée à proximité, le vise avec une arme dont le canon brille sous la lune. C'est Gaëlle.

Le lendemain matin, il fait le tour de la cour et s'attarde à l'endroit où devait se trouver le tireur. Jules, qui est un lève-tôt, déboule. Ebouriffé, le gamin furète, fait le tour des taillis, passe derrière le muret de pierres sèches couvertes de mousse, puis revient vers Pablo.

— Tu as entendu le coup de fusil, cette nuit ?

— Regarde ! dit Pablo en tendant la main vers la fenêtre au carreau brisé.

— Le con ! Il aurait pu te tuer !

— Tu n'as rien vu, toi qui vois tout ?

— Non, répond Jules avec un sourire triste. J'étais avec ma mère. Elle a des embrouilles avec mon père. Mais t'en fais pas, ça arrive souvent et puis ça passe !

Il fouine encore à l'entrée de la cour et déclare :

— Je ne vois rien. Tu sais, faut pas t'en faire. C'est sûrement le père Graffin, celui qui habite un peu plus bas, qui a voulu tuer la fouine qui vient lui bouffer les œufs de ses poules. Il est aux trois quarts aveugle et a tiré un peu au hasard ! C'est déjà arrivé !

— C'est pas grave ! conclut Pablo. Qu'est-ce que tu fais ce matin ?

— Bof, rien de spécial. Un copain m'a invité chez lui, mais je préfère aller me balader dans la montagne. L'orage de la nuit a fait bouger les animaux. Et puis...

Il semble embarrassé. Il va et vient les mains dans les poches de son bermuda rouge, en proie à une intense réflexion.

— Et puis, j'ai un autre secret que je te montrerai plus tard.

Jules déguerpit à toutes jambes pour éviter une question de Pablo à laquelle il ne veut pas répondre. Quelques instants plus tard, il revient sur ses pas, comme s'il avait changé d'avis.

— J'ai cherché ta voiture de sport. J'ai rien trouvé, mais je vais chercher encore. Si elle est dans les parages, tu peux me faire confiance, je la trouverai. Mon secret, c'est pas grand-chose. Je t'en parlerai. Allez, viens, on va marcher dans la montagne.

Ils partent sur le sentier entre les ajoncs fleuris. Jules, toujours devant, fouine partout tel un chien de chasse. Pablo marche tranquillement, tout à la féerie de ce lieu enchanteur. La lumière éclate et scintille sur les herbes lourdes. La lavande embaume.

— Pablo, viens voir.

Il l'emmène discrètement dans le sous-bois. Sur les brindilles sèches, une vipère se réchauffe au soleil, sa robe brune piquée de taches noires luit au soleil. Jules la contemple un long moment, puis s'éloigne.

— On dit qu'il faut les tuer parce que les vipères sont dangereuses. Moi, je suis pas d'accord. Si elles sont là, c'est qu'il y a une raison et elles ne te mordront pas si tu leur fous la paix. J'en ai vu des centaines et jamais aucune ne m'a fait le moindre mal.

Ils poursuivent leur promenade. Dans le bosquet, Jules se met à marcher avec précaution, évitant de faire du bruit.

— Les terriers des renards sont là. Rita a quatre petits, je les ai vus l'autre jour qui attrapaient des sauterelles.

Il s'approche en douce puis se retourne.

— Tu as fait trop de bruit. Aucun animal n'est aussi méfiant que le renard, même pas le loup.

Ils arrivent au bord du torrent, le Furet qui dévale de la montagne de Lure et cascade sur les rochers. Une agréable fraîcheur monte des hautes herbes grasses. Jules marche sur les galets dorés et soulève une pierre.

— Il paraît que c'était bourré d'écrevisses. Mais elles sont toutes crevées de la peste. C'est quand même bizarre que tous les animaux meurent ici !

— Oui, c'est bizarre. Et toi, pourquoi tu continues de les chasser ?

Jules a l'air embarrassé. Il secoue les épaules et s'assoit sur une souche pourrissante.

— C'est vrai. Des fois, je me dis que j'ai tort,

que ces animaux sont vivants comme moi, mais quand je suis parti, je ne pense qu'à mettre les pièges et espérer le plus de gibier possible. Et puis, tu comprends le plaisir que j'ai de tenir une grive dans mes mains, de la fourrer dans ma musette...

Il sourit avec un voile de tristesse comme s'il regrettait son état de chasseur impénitent. Il inspire vivement, son regard pétille.

— J'aime passer mes mains sous les pierres de la rivière et sentir le corps froid d'une truite. Je la caresse et elle bouge pas, puis je serre juste derrière la tête et je la sors au soleil. Tu peux pas savoir comme c'est beau, une truite. C'est pas un poisson comme les autres, avec son ventre tellement blanc, ses flancs piqués de points noirs et rouges et son odeur de mousse fraîche... Dis, tu crois que je suis un méchant, et que si je continue, on va me mettre en prison ?

— Sûrement pas, répond Pablo en souriant. Surtout ne change pas !

— Tu sais, je le regrette. Souvent la nuit, je me réveille et je me dis que je suis un criminel, mais quand je me lève, j'y pense plus !

Ils poursuivent leur promenade. Midi approche, le soleil haut sur les montagnes frappe fort les épaules et les bras nus. Jules traverse un fourré avec l'agilité du renard et revient vers Pablo.

— C'est l'heure d'aller manger. Maman a dit qu'elle préparerait quelque chose de bon !

— Non, je peux pas toujours m'inviter chez toi ! Ta maman est bien gentille, mais…

— S'il te plaît, viens ! Quand on mange avec maman, on ne se parle pas, c'est d'un triste !

Agathe avait prévu une assiette pour lui. Pablo, confus, propose de l'inviter prochainement au restaurant. Elle accepte avec un grand sourire qui illumine son visage très jeune et ses yeux clairs. Elle est belle, Agathe, belle et attirante. Sa générosité fait du bien. Après le repas, Pablo se rend au village pour la réunion prévue. Il aide Lorraine à disposer les chaises, mais la bistrotière sait déjà qu'il n'y aura pas assez de place.

— Les gens ne parlent que de ça ! Il faut vous attendre à la foule, et je crois pouvoir vous dire qu'ils ne sont pas tous d'accord avec vous !

— C'est pour ça que je fais la réunion.

Les premiers curieux se rassemblent sur la place et bavardent sous un soleil brûlant. Le maire et ses conseillers – dont Pierrette – sont là, et boivent un rafraîchissement. L'inconnu avec eux serait-il le fameux Gaspard Mongeron ? Il parle avec un fort accent marseillais et les autres ne l'interrompent pas. Pablo s'éloigne car il ne veut pas se montrer et être pris à partie par des groupes bien décidés à en découdre.

Un fourgon de la gendarmerie de l'Hospitalet s'arrête sur la place. Quatre gendarmes en sortent et se dirigent vers le bistrot. Ils saluent le maire qui s'étonne de leur présence au Puget où on ne les voit jamais en dehors des comices agricoles tous les quatre ou cinq ans.

— Ordre de la préfecture ! clame l'un d'eux en entrant dans le bistrot.

Aussitôt les conversations cessent. Lorraine les salue et leur propose une boisson. Ils s'accoudent au comptoir et boivent en silence. Les gens s'entassent dans la salle des banquets déjà trop petite. Le maire affirme qu'il aurait pu prêter la salle polyvalente mais que M. Sierra a décidé seul cette réunion sans aucune autorisation, ce qui n'est pas très légal.

Pierre Poisson, dit PP, président du conseil départemental, arrive. Sa présence étonne. Cet homme élégant, patron d'une usine de cosmétiques, se déplace très peu dans les communes de la montagne. Il est réputé pour ses prises de position énergiques et on le redoute parce qu'il a beaucoup d'influence.

M. Poisson salue les gendarmes, puis le maire qui vient à son devant en lui tendant sa main blanche de retraité. Un silence inhabituel règne dans le bistrot. Les curieux s'entassent, debout, dans la salle des banquets où on a dû enlever les chaises du fond pour gagner de la place. On s'étonne que Pablo ne soit toujours pas là.

Il arrive enfin. Les gens s'écartent pour le laisser passer. Il se place entre le maire et PP, remercie d'abord le président du conseil départemental dont la présence montre l'importance que l'on accorde à son projet. Au premier rang, Agathe l'encourage du regard.

— A l'intention de ceux qui ne me connaissent pas, poursuit-il, je dois préciser que j'ai grandi au Puget. Je m'appelle Pablo Sierra, je suis parti en Espagne à l'âge de dix-huit ans. Je suis médecin installé à Madrid et l'héritier principal d'Adrien des Noyers qu'on appelait le Fada. Adrien, conscient que son village natal se meurt comme la plupart des villages de montagne, a trouvé une manière originale de faire parler du Puget dans toute l'Europe. En effet, la proximité du petit torrent qu'on appelle le Furet à côté de la chapelle Sainte-Féréole lui a donné l'idée de faire construire un orgue hydraulique. C'est-à-dire que les soufflets qui apportent l'air aux tuyaux sont mus par la force du torrent avec une roue à aubes de moulin.

Les gens se regardent étonnés. Pablo poursuit :

— Autour de cet instrument, Adrien des Noyers souhaitait organiser des manifestations qui auraient attiré beaucoup de gens.

Il parcourt l'assistance du regard.

— Et pour accueillir tous ces gens qui apporteraient leur argent, tout au long de l'année, il fallait des structures adaptées. Il voulait financer avec sa propre fortune un village de vacances et un complexe hôtelier.

— Et quoi encore ? s'écrie un vieil homme, considérant que la présence du président du conseil départemental est l'occasion de faire valoir ses arguments. On veut vivre tranquillement dans nos montagnes. On ne demande rien à personne !

— De quoi avez-vous peur ? réplique Pablo.

— On n'a pas peur, mais on veut rester chez nous !

Gaspard Mongeron, l'adjoint au maire, se lève. Il est très élégant dans son costume clair à pochette rouge. Un silence de plomb se fait aussitôt.

— Nous ne pouvons qu'être reconnaissants

à M. des Noyers d'avoir pensé à consacrer une partie de sa fortune pour faire la promotion du Puget, mais il faut regarder les choses en face : nous manquons d'espace pour toutes ces réalisations.

Pierrette applaudit. Ses voisins échangent des regards approbateurs. Mongeron sait donner les bons arguments auxquels personne n'avait pensé et qui tombent sous le sens. M. Poisson, qui ne supporte pas ce commerçant prétentieux, demande la parole.

— J'entends votre propos, dit-il, mais il faut aussi penser à ceux qui sont obligés de partir dans les villes pour chercher du travail. Il faut attirer des jeunes. Ne seriez-vous pas heureux qu'on rouvre l'école ?

Il est applaudi par une poignée de jeunes arrivés en retard et massés à l'entrée de la salle. L'argument a porté. La fermeture de l'école les avait contrariés, comme le départ à la retraite du boulanger qui n'avait pas de repreneur. Ils se sentaient abandonnés, isolés, perdus chez eux.

Le fils Brigouli, qui après une formation de gestionnaire pointe à Pôle Emploi, déclare :

— Nous, on est pour ce projet et on fera tout pour qu'il se réalise.

— Et puis, ajoute un autre, la musique de l'orgue, c'est magnifique !

Quelques applaudissements suivis de huées. Le maire prend la parole :

— Vous voulez que notre village soit envahi

d'étrangers ? Qu'est-ce que vous en tirerez ? Des emplois, des jeunes ménages qui se fixeront ici ? J'en doute. Vous voulez passer vos étés dans le bruit, la pollution, à vendre des chapelles Sainte-Féréole miniatures, des porte-clefs et des dépliants touristiques ? N'oubliez pas que nous sommes en Provence et que ce seul mot suffit à attirer les foules pour peu qu'il y ait quelque chose à voir ! Je ne suis pas d'accord et je précise, pour que les choses soient bien claires, que j'ai refusé le permis de construire. M. le préfet a cru bon de ne pas tenir compte de ma décision.

— On veut rester les maîtres chez nous ! crie encore quelqu'un au fond de la salle.

— Quoi qu'il en soit, répond PP sur un ton décisif, les travaux vont commencer au début de la semaine prochaine. Toutes les autorisations sont données.

— Ah bon ? poursuit Stéphane Poulin qui pense aux prochaines élections. Il faudra que vos machines passent sur nos corps.

Le maire inspire profondément et ajoute enfin :

— Je vous assure, monsieur le président du conseil départemental, que cela ne se fera pas sans difficultés. Vous voulez la révolution ? Vous allez l'avoir !

Mongeron se dresse, face à la foule, tel un tribun romain.

— On souhaite avant tout que les autorités cessent de prendre des décisions sans consulter les personnes concernées ! s'emporte-t-il. Je crois savoir que la démocratie, c'est le gouvernement du peuple ! Les manifestations des Gilets Jaunes n'ont pas servi à grand-chose !

Applaudissements dans la salle. De temps en temps, Pablo croise les yeux d'Agathe qui lui sourit discrètement.

On s'étonne que Frédéric Barrat, l'adversaire malheureux de Stéphane Poulin, ne se soit pas encore prononcé. Il a bien senti avec l'intervention du jeune Brigouli que l'opposition ne faisait pas l'unanimité. Prudent, il a préféré s'abstenir et patienter.

Pierre Poisson rejoint son chauffeur qui l'attend sur la place. Il claque la portière, bien heureux de quitter ce village d'arriérés. Les gens se rassemblent sur la place pour discuter. Pierrette ne s'attarde pas. Tous ces boniments l'agacent. Elle retrouve Tom qui s'occupe de ses chevreaux dont un lot doit partir la semaine prochaine. Une puissante odeur de suint règne dans l'étable. Tom s'essuie le front et se tourne vers sa belle-mère.

— Alors, qu'est-ce que ça a donné ?

— Rien ! Il y avait des jeunes qui sont pour. Mais ils ne gagneront pas. Et toi, tu ne crois pas qu'il est temps de t'occuper de ce parasite ? Il va te souffler ta femme et tu ne fais rien !

Hier soir, quand il était seul dans la maison silencieuse, Tom a débouché une bouteille de vin. Puis il en a débouché une autre. L'alcool lui a donné le courage de la colère. Il a pris son fusil de chasse. L'orage menaçait. Tom a contourné le village et s'est rapproché de la maison de Mélanie. La moto de l'Espagnol était sous le tilleul. Il s'est caché à proximité et il a patienté. Une ombre passait derrière les rideaux de la fenêtre. Le parasite était là ! Il a dressé son arme. Son doigt s'est crispé quand la foudre a éclaté juste à côté de lui. Le coup est parti, alors, paniqué, Tom s'est enfui en courant. Pourvu que personne ne l'ait vu !

— Ecoute, j'ai eu une idée, poursuit Pierrette. Tu sais, le cousin Brallet de Sisteron, celui qui travaille pour le journal, a fait des tas de photos pendant la construction de l'orgue. Il cherchait à les vendre. Je vais lui dire que Pablo est intéressé, ce qui est sûrement vrai. Et je te dirai quand l'Espagnol ira le voir. Tu pourrais te trouver sur la route, tu crois pas ?

— Ça me convient pas trop !

— Arrête ! s'emporte Pierrette. Tu veux récupérer ta femme ou non ? Tout le monde sera de ton côté. Tu comprends qu'avec son festival, il nous emmerde !

Elle prend son téléphone et compose de tête le numéro du cousin, preuve qu'elle avait tout prémédité.

— Mais vous avez aussi le numéro de Pablo ?

— Je me suis débrouillée ! réplique Pierrette en portant le téléphone à son oreille droite.

Tom se sait minable à côté de sa belle-mère qui

ne recule devant rien. Avec la moitié de sa détermination, il aurait pu terminer son projet de pisciculture. Et Gaëlle ne l'aurait pas quitté.

Pablo arrive chez lui. Agathe le rejoint peu après. Ils partent marcher dans le sentier en direction du bosquet de chênes rabougris, d'amandiers sauvages et d'oliviers. Pablo se sent bien près de cette femme libre et discrète. N'est-ce pas l'occasion de franchir le gué, d'oublier Gaëlle dans les bras accueillants de cette magnifique brune ? Ils s'enfoncent dans le sous-bois, entre les buis et les genévriers, jusqu'au pied d'une petite source ; un filet d'eau s'échappe entre des herbes vertes. Agathe boit dans ses mains, l'eau ruisselle sur son chemisier. Elle rit aux éclats et s'assoit sur l'herbe.

— J'ai divorcé parce que j'étouffais avec mon mari. J'avais l'impression que ma vie allait s'arrêter, que j'étais déjà vieille et que je ne devais rien espérer de l'avenir. La petite vie de femme tranquille ne me convient pas. Il me manquait l'essentiel, c'est-à-dire un sentiment fort, capable de résister à tous les orages…

Elle s'est accoudée, offrant à Pablo son beau visage aux lèvres pulpeuses. Sa robe courte retroussée dévoile ses jambes. Pablo sait qu'il peut approcher la main et qu'elle ne le repoussera pas, mais quelque chose le retient.

Son téléphone sonne. C'est le correspondant du

Provençal qui lui annonce avoir une belle collection de photos faites pendant la construction de l'orgue.

— Si ça m'intéresse ? réplique Pablo en haussant la voix. Mais bien sûr. Je serai chez vous dans deux heures !

Puis se tournant vers Agathe :

— On rentre. Je dois aller chercher des photos à Sisteron. C'est une aubaine pour le festival...

Agathe sourit et lui prend la main.

— On ne parle que de vous et Gaëlle au village. On dit que vous étiez si bien et si beaux tous les deux ! On raconte aussi qu'elle a quitté son mari parce que vous êtes revenu.

Il ne répond pas. Ils rentrent en silence. Pablo démarre sa moto et s'éloigne sur la route escarpée au flanc de la montagne. Une voiture stationnée au milieu de la chaussée l'oblige à s'arrêter. Trois hommes au visage caché en descendent, se jettent sur lui et le frappent à coups de poing et de pied, puis remontent dans leur véhicule qui part en trombe. De sa voiture, Agathe, qui le suivait, a vu la scène. Elle se range sur le côté, rejoint le blessé qui grimace de douleur.

— Ils étaient trois, dont l'un très costaud !

Puis elle ajoute, comme pour se justifier :

— J'allais chercher Jules. C'est la même route.

Elle l'aide à se mettre sur ses jambes. Le visage en sang, Pablo fait quelques pas, soutenu par la jeune femme qui ajoute :

— Il faut aller porter plainte à la gendarmerie. Vous n'allez pas vous laisser faire !

Pablo veut reprendre sa moto, mais Agathe s'y oppose.

— Venez avec moi. On reviendra chercher la moto plus tard.

Sonné, il se laisse conduire. La jeune femme prend le chemin de sa maison.

— Je vais nettoyer vos plaies, j'ai un lit disponible. C'est mieux que vous ne restiez pas seul !

Pablo a du mal à se tenir debout. Elle l'emmène dans une chambre dont la porte donne sur la salle de séjour, et l'aide à s'allonger. Puis elle va chercher du coton et de l'alcool. La blessure au visage semble profonde.

— Je vais téléphoner au médecin. Je ne peux pas nettoyer ça.

Elle prend son téléphone. Pablo l'arrête.

— N'oubliez pas que je suis médecin. Je vais vous dire ce qu'il convient de faire.

Agathe reprend le nettoyage des plaies. Pablo sent sa main douce caresser sa peau, cela lui fait beaucoup de bien. N'est-ce pas la première fois qu'une femme s'occupe de lui avec autant d'attention ? Un léger frisson lui parcourt le creux du dos.

— Ils ne s'arrêteront pas là ! annonce Agathe en appliquant une compresse sur la blessure à la pommette droite.

Elle a raison. Ce qui vient de se passer est un nouvel avertissement. Ceux qui l'ont frappé lui montrent qu'ils sont prêts à aller plus loin. Mais qui sont-ils ?

— On parle des zones de non-droit dans les banlieues, poursuit la jeune femme, mais il y en a d'autres, moins médiatisées, plus sournoises.

En effet, les gendarmes n'ont-ils pas abandonné un peu vite l'enquête sur la disparition de Cecilia ? Est-ce par simple nonchalance ou parce qu'ils ont la même mentalité que les gens d'ici ?

— Bon, reposez-vous, maintenant. Je vais chercher Jules chez son copain. Je m'occuperai de vous après. La chambre est libre, vous pouvez rester. Vous y êtes plus en sécurité que chez vous. Ils n'oseront pas venir ici.

Elle s'éloigne. Il se sent las, tellement meurtri dans sa chair que le moindre mouvement réveille de vives douleurs. Il se laisse aller, s'assoupit dans la fraîcheur agréable de cette chambre aux volets clos où flotte un léger parfum.

Une portière de voiture claque et le fait sursauter. Des pas rapides grattent le gravillon de la cour. La porte d'entrée s'ouvre et la poignée frappe la cloison avec un bruit sec.

— Pablo, tu es là ! C'est chouette !

Jules s'arrête net en voyant les pansements sur le visage du blessé. Il recule d'un pas, regarde vers sa mère puis s'approche de Pablo.

— Ils t'ont bien arrangé ! Si j'avais été là…

— Et qu'est-ce que t'aurais fait ?

— Je suis plus malin que tu le penses ! Bon,

ajoute le jeune garçon en s'asseyant sur la seule chaise disponible, je crois que tu vas être obligé de m'acheter une guitare !

— Jules, s'il te plaît... le reprend Agathe.

— C'était le marché, réplique le gamin à sa mère.

Et se tournant vers Pablo, il ajoute :

— J'ai trouvé ce que tu m'as demandé.

— Quoi ? La voiture de sport rouge ?

— Oui, la voiture de sport rouge. Ecrasée comme une crêpe, sous l'épave d'une moissonneuse-batteuse rouillée.

— Où ça ? demande Pablo qui se dresse sur les coudes.

— Pas loin de chez mon copain Quentin. C'est à Chagnol, de l'autre côté de la vallée. C'est une grosse ferme. Il y a dans un ravin tout un tas de machines, de tracteurs, de vieux camions, des voitures. C'est pas beau du tout. Les ronces recouvrent tout ça, mais ça fait tache sur la montagne. Et c'est en faisant le tour que j'ai vu une voiture sous la moissonneuse-batteuse. Elle est rouillée, mais il y a encore des traces de peinture rouge et c'est bien une voiture de sport. J'ai demandé à Quentin d'où elle venait, il n'a pas su me répondre. Faudra qu'on aille voir !

— Laisse Pablo se reposer, intervient Agathe.

Pablo apprécie le calme, la douceur des lieux. Agathe est si prévenante, si agréable ! Et puis Jules met de la vie partout où il se trouve.

— Dis, Pablo, tu vas rester ici, avec nous ? S'il te plaît, reste. C'est si bien quand tu es là !

Pablo lui sourit. Agathe dit avant de fermer la porte :

— Reposez-vous. Je vais préparer le dîner. On mettra une table à côté du lit et on mangera tous les trois.

Après le dîner, Agathe débarrasse la table tandis que Jules s'évanouit dans la nuit tombante. Pablo est bien, assis dans le lit. Le bruit des assiettes arrive jusqu'à lui, comme l'assurance qu'il n'est pas seul, même s'il ne se sent pas à sa place.

Et puis, de la fenêtre ouverte, lui parvient une note de musique, légère, aérienne, comme tombée du ciel. Puis une autre et enfin une troisième. Toute une famille de notes danse dans l'air léger, s'accorde en une ronde colorée. Pablo, qui a deviné, fait un clin d'œil à Agathe qui le rejoint.

— Ce garnement ! fait-elle contrariée.

— Non, répond Pablo séduit. Jules sera un jour un grand musicien. Il n'a jamais touché un orgue de sa vie et voilà qu'il arrive à en tirer une petite mélodie, aussi aérienne qu'une plume et belle comme une feuille d'automne.

La musique cesse. Jules arrive, toujours pressé, entre dans la chambre en baissant la tête.

— Pardon, Pablo ! dit-il. J'ai pas pu m'en empêcher. Comme si le diable me poussait…

Pablo l'attire près de lui.

— Jules, tu as la musique dans la peau. Ce serait dommage de laisser perdre un aussi grand talent !

— La musique et l'art des bêtises ! ajoute Agathe d'un ton enjoué.

Le lendemain, de bonne heure, Roger Vattan, responsable de l'entreprise de construction Leclet, stationne sa voiture de fonction devant l'entrée du terrain de Prognes où doivent être construits les bâtiments du village de vacances et du complexe hôtelier. Quelques instants plus tard, d'énormes camions amènent pelleteuses, bulldozers et grues. Un tracteur agrandit l'entrée pour permettre le passage de ces machines. M. Vattan et le chef de chantier entrent sur la friche en légère pente et s'arrêtent, incrédules. Des gens, par dizaines, sont là, accroupis ou allongés, immobiles malgré le vacarme des machines.

— Qu'est-ce que c'est que ce bazar ? s'étonne Roger Vattan en se tournant vers ses subordonnés.

Il secoue un jeune homme grand, maigre, avec une barbe noire qui cache son visage.

— Mais qu'est-ce que vous foutez là ? s'emporte Vattan.

— Vous le voyez bien. On vous empêche de saccager cet endroit.

Ils sont là, les Pugetois, avec les marginaux de Peyrefraîche, des retraités, le maire en personne, couchés parmi les herbes et les ajoncs, de telle sorte qu'il est impossible de manœuvrer avec les machines.

— Nous ne bougerons pas d'ici, dit Stéphane Poulin en se levant. Si vous voulez commencer les travaux, il faudra que vos machines nous écrasent.

— Vous nous emmerdez ! s'emporte le chef de chantier, un petit homme au visage carré plein de détermination. On est venus pour travailler. On a toutes les autorisations nécessaires, alors je vous demande de déguerpir au plus vite sinon j'appelle les gendarmes.

— Appelez qui vous voulez, le préfet si ça vous chante ! Nous ne vous laisserons pas abîmer cette partie de la montagne restée naturelle. C'est un nouveau Notre-Dame-des-Landes qui débute ici !

Vattan retourne à sa voiture et téléphone. Un quart d'heure plus tard, un fourgon bleu arrive. Les gendarmes entrent sur le terrain, parcourent ce vaste champ de bataille où les opposants sont toujours aussi déterminés.

— Monsieur le maire, s'il vous plaît, soyez raisonnable ! dit le capitaine Ledru.

— Non ! Vous pouvez utiliser la force, nous mettre en prison, demain, d'autres prendront le relais, toujours plus nombreux.

— Des amis arrivent de toute la France, de l'Europe, avertis par Internet, ajoute le barbu. Il faut protéger l'environnement. La première pollution, c'est l'homme !

— Qu'est-ce qu'ils peuvent nous faire chier !

Ledru est perplexe. S'il n'y avait que les babos, ce serait vite réglé, mais le maire et plusieurs conseillers – dont Pierrette Pujols – sont là, décidés à ne rien lâcher. A côté des machines immobilisées sur le bord du terrain, les ouvriers commentent l'événement en riant. Roger Vattan donne enfin ses premières instructions :

— Entrez, faites ronfler les machines et passez très près d'eux. Ils seront tellement apeurés qu'ils fuiront comme des lapins.

— Vous en assumez l'entière responsabilité ! fait un gendarme.

Les conducteurs d'engins réalisent rapidement qu'ils ne peuvent même pas manœuvrer entre les corps allongés ou accroupis, tant ils sont nombreux et dans un désordre qui les sert.

— C'est trop dangereux ! lance l'un d'eux en descendant de sa machine.

Ledru s'avance sur le terrain, marche entre les corps. Considérant que pour ramener les gens à la raison, le meilleur argument est celui du porte-monnaie, il crie :

— Vous risquez une grosse amende à rester ici, sur une propriété privée, et à empêcher les gens de travailler.

Personne ne bouge. Pas la moindre protestation. Le vent qui s'est levé énerve les cigales.

A la préfecture, on sait qu'il ne faut surtout pas laisser la situation se prolonger ; que plus on attend, plus ce sera compliqué de déloger les contestataires. D'autres projets ont ainsi été suspendus et reporter une décision énergique serait renoncer. Le préfet, M. Garry, convoque dans son bureau plusieurs responsables dont Pierre Poisson. Fin stratège, le président du conseil départemental est réputé pour savoir faire plier ses opposants tout en leur donnant l'impression d'abonder dans leur sens.

— Il faut taper sur les doigts de ce Stéphane Poulin. Son comportement est intolérable. Il sait que sa place de maire est chancelante et, à un an des élections, il veut se rallier la majorité des retraités.

— Ils ne font pas l'unanimité, précise Poisson. Beaucoup de jeunes sont pour le projet. Mais les écolos se rangent avec les retraités parce que la dépopulation les arrange.

— Ils ont cassé la moto de M. Pablo Sierra, ils l'ont passé à tabac. Ces infractions doivent être punies ! s'emporte le préfet. Le maire et sa troupe méritent des sanctions.

— Je pense aussi, ajoute le responsable des services de sécurité départementaux, qu'on a classé un peu vite la disparition de Cecilia Maggioni devenue madame des Noyers. Disparition survenue aussitôt après qu'elle ait annoncé son intention de reprendre le projet, M. des Noyers étant trop malade pour le faire.

— Assez discuté, tranche M. Garry. L'autorité doit rester à la loi. Je vais prendre un arrêté d'expulsion et le site sera gardé par les CRS. Puisqu'il faut employer les grands moyens…

Après une nuit agitée, Pablo se réveille péniblement et se dresse sur les coudes. La présence d'Agathe l'a tenu éveillé pendant de longues heures. Son léger parfum qui flotte dans la pièce a suscité en lui des désirs nouveaux, comme si, depuis son retour, deux hommes s'opposaient en lui.

La jeune femme entre dans la chambre, souriante, vêtue d'une simple robe blanche, et Pablo ne peut s'empêcher de parcourir du regard les formes de son corps.

— Comment allez-vous ce matin, Pablo ? Bien dormi ?

— Très bien, merci. Je suis en pleine forme. Je vais me lever.

— Ne bougez surtout pas, je vous apporte votre petit déjeuner au lit.

Elle lui adresse un sourire engageant, puis revient quelques instants plus tard avec un plateau, du café et des croissants.

— J'avais à faire à l'Hospitalet, alors j'en ai profité pour acheter des croissants.

— Et Jules ?

— Il dort. Ça lui arrive parfois de dormir tard.

Elle s'assoit sur le rebord du lit. De sa position assise, Pablo voit ses seins nus sous le tissu léger. Le désir monte en lui. Cela fait si longtemps qu'il n'a pas fait l'amour... Il a bien eu quelques aventures, mais elles se sont toujours mal terminées. Quelque chose le pousse vers Agathe comme si elle avait le pouvoir, d'un seul geste, d'effacer son inhibition.

— Bon, dit-il d'une voix où elle perçoit l'émotion. Je vais rentrer chez moi.

— Je me suis arrangée avec le fils Dubreuil, répond la jeune femme en se pressant contre lui. Il a rapporté votre moto.

Elle approche son visage du sien, les lèvres entrouvertes. Le cœur battant, Pablo ne peut résister au baiser. Agathe dépose le plateau sur le plancher, et s'allonge près de lui. Ils roulent sur le lit. On frappe. La voix aiguë de Jules appelle sa mère. Pablo se dégage vivement, enfile son pantalon, son tee-shirt et se dirige vers la porte. La jeune femme arrange sa robe, passe une main rapide dans ses cheveux. Jules entre et son regard curieux va de l'un à l'autre.

— Si tu veux, Pablo, je peux te montrer où j'ai trouvé la voiture ! fait le garçon, intrigué par l'attitude de sa mère encore assise sur le lit où a dormi Pablo, les joues rouges, les yeux brillants.

— On ira dans la journée, répond Pablo en se dirigeant vers la porte. Je dois d'abord rentrer chez moi.

Il s'éloigne, comme libéré d'un acte que son corps réclamait et qu'une partie de son être réprouvait. Il remonte le sentier qui conduit à sa maison, s'arrête à côté de sa moto garée dans la cour. La lumière du matin lui paraît tout à coup étrange, comme irréelle. Il se revoit petit garçon, si semblable à Jules, l'Espagnol, le fils de la bonne du Fada qui courait devant les frères Barraut et allait se réfugier chez Mélanie...

Un peu plus tard, Agathe le rejoint. Elle lui lance un regard triste. Ils restent un moment silencieux, l'un près de l'autre. Elle recolle le pansement sur la tempe et il sent la douceur de ses doigts. A cette heure, le soleil d'été, les odeurs de la garrigue, le crissement des insectes empêchent les pensées de se formuler.

— Je vous trouve bizarre, fait-elle en lui adressant un regard inquiet. Comme si vous veniez d'apprendre une mauvaise nouvelle.

— Je n'en peux plus de risquer de me faire casser la figure à tous les coins de rue ! grogne-t-il. Je perds courage.

— Mais renoncez ! S'ils veulent crever dans leur médiocrité, ce n'est pas votre affaire !

— Non, plein de gens sont d'accord avec moi, mais ils n'osent pas le dire.

Parmi ceux qui l'ont agressé sur la route de Sisteron, Pablo est certain d'avoir reconnu Tom. Son attitude d'ours maladroit, ses cheveux courts frisés sur sa tête massive le trahissaient. Et Tom a une bonne raison pour lui en vouloir, tout autre que celle du festival d'orgue. Il fait quelques pas, puis se tourne vers la jeune femme.

— Pourquoi avez-vous divorcé ? demande Pablo.

— Fabien et moi avons cédé à une illusion. J'ai grandi avec ma mère seule. Je n'ai jamais connu mon père. J'ai été conçue au cours d'une soirée bien arrosée et d'un flirt de passage. Ma mère ne m'a jamais désirée, et finalement, je ne sais pas bien ce qu'est l'amour.

— Moi non plus. J'ai cru le savoir et je comprends que je me suis trompé.

Elle lui prend la main et l'entraîne vers la maison.

— Si on rentrait ? J'ai laissé les volets fermés, il fait frais chez moi. Et puis, je dois refaire ton pansement.

— Et Jules ?

— Il est parti dans les collines, sûrement avec l'employé de la mère Parranet.

Pablo connaît la mère Parranet, comme la plupart des gens ici. Une grande femme, très maigre, dont le fils est pharmacien à Saint-Etienne-des-Orgues. Elle possède une grande propriété qu'elle n'a jamais voulu vendre à Adrien. Son employé, un enfant de la DDASS qu'elle a élevé, s'occupe de la ferme pendant qu'elle se saoule dans sa maison délabrée.

— C'est pour Gaëlle que tu es revenu ?

Il hausse les épaules. Il est revenu pour répondre à la convocation du notaire, mais qu'est-ce qui l'a empêché de repartir aussitôt ?

— J'aime ces montagnes. J'étais moi aussi un

petit Jules qui s'attachait aux pas d'Albert qui savait tout de la nature. J'aime entendre les cigales d'ici qui ne chantent pas comme celles d'ailleurs, respirer l'air du matin. Parce que les souvenirs de mon enfance que je croyais tristes sont en réalité pleins de lumière.

Elle l'enlace, ils se dirigent ensemble vers la maison, entrent dans la chambre, et roulent de nouveau sur le lit. Cette fois, Jules n'est pas là pour arrêter leur élan. Pablo se laisse faire. Ce n'est pas lui qui a les initiatives, il s'abandonne, tout au plaisir que lui offre cette femme voluptueuse. Après l'amour, l'illusion cesse brutalement. Il reste longtemps les yeux ouverts sur le plafond, en proie à une profonde tristesse. Agathe, songeuse, caresse sa poitrine nue.

— Quand je t'ai vu pour la première fois, j'ai compris que c'était toi que j'attendais ! dit-elle.

Pablo ne répond pas, comme insensible. Il a pensé à Gaëlle pendant qu'il faisait l'amour avec Agathe. Son malaise lui retourne l'estomac.

— Mais j'ai aussi compris que tu ne t'es pas donné à moi. Tu es ailleurs, tu ne m'aimeras jamais.

Elle se lève, enfile sa robe légère, se tourne vers lui et sort, laissant Pablo désemparé.

Gaëlle n'en peut plus. Le poids de sa faute l'écrase. C'était un mercredi du mois de septembre 2004. Pablo était parti depuis deux jours. Adrien était entré chez Pierrette, tournant le dos à la cheminée, l'endroit le plus sombre, où était assis l'oncle Daniel qui grognait des sons d'animal dès qu'un visiteur arrivait. Et le bruit de ses mains sèches qu'il frottait l'une contre l'autre était exaspérant.

Pierrette avait commencé par s'emporter contre Adrien : pourquoi avait-il séparé Gaëlle et Pablo ? Ils étaient si bien, si beaux ensemble !

« Si je les ai séparés, c'est pour éviter ça ! avait dit Adrien en désignant Daniel.

— Et tu crois qu'ils vont t'écouter ? Ils ont dix-huit ans tous les deux et sont libres...

— Justement, tu vas appeler ta fille et je vais lui dicter une lettre pour Pablo. »

Gaëlle avait refusé de sortir de sa chambre. Sans un mot, Adrien avait ouvert la porte, trouvé sa nièce allongée sur son lit, les yeux clos. Il avait posé une enveloppe sur la table de nuit, puis s'était assis.

« Voilà, je te donne cent mille euros, si tu acceptes d'écrire la lettre que je vais te dicter », avait-il annoncé d'une voix calme.

Cent mille euros ! Le regard de Pierrette s'était s'allumé. Gaëlle avait ouvert les yeux. Adrien avait sorti de l'enveloppe des liasses de billets de cinquante et cent euros. Gaëlle s'était dressée sur les coudes.

« Ecris et tu auras cet argent. »

La jeune fille avait essuyé son visage et s'était assise près de la table de nuit, et Adrien avait commencé à dicter :

« *Pablo, toute ma vie, je garderai un bon souvenir de toi et de notre amourette d'adolescents.* »

Son stylo s'arrête : amourette ! Pouvait-on qualifier d'amourette la passion qui l'unissait à Pablo ? Mais elle voit les billets à côté de la feuille et continue d'écrire.

« *Mais tout est bien fini entre nous. Depuis quelque temps, je te mens : j'ai rencontré un autre jeune homme et je ne savais pas comment te le dire, comment rompre avec toi. Voilà, c'est fait. Adieu, Pablo.* »

Adrien prend la feuille, relit lentement et la pose de nouveau devant la jeune fille.

« Signe ! »

Gaëlle venait de vendre son bel amour pour cent mille euros. Elle avait voulu se rétracter, mais Adrien avait déjà quitté la pièce avec la lettre. Elle avait couru derrière lui, elle l'avait supplié mais le Fada était resté de marbre. « Je ne veux pas que Pablo soit le père de débiles », avait-il dit. Alors, désespérée, la jeune fille s'était de nouveau enfermée dans sa chambre avec l'intention de s'ouvrir les veines. Mais le courage lui avait manqué. Le soir, elle était allée fouiller dans une vieille armoire où sa mère gardait du poison pour les taupes. Ne le trouvant pas, elle s'était enfuie dans la montagne, marchant au hasard des sentiers, s'éloignant le plus possible des maisons. Un gros orage l'avait surprise au sommet du Pas de Lure. Elle s'était placée en terrain découvert, au milieu des ajoncs, et les bras levés, s'était offerte au tonnerre. Mais la foudre l'avait aussi épargnée. Trempée, elle avait poursuivi sa marche dans la lande jusqu'à ce que, épuisée, transie de froid, elle roule dans un ravin. Les gendarmes l'avaient retrouvée trois jours plus tard, inconsciente. Après un long séjour en maison de repos, elle avait commencé son année en faculté de lettres. Mais son esprit n'était plus aux études. Elle réussit le concours de la mairie de Peyruis où elle rencontra Tom, gentil garçon aux larges épaules. Il lui faisait la cour, alors celui-là ou un autre, cela n'avait pas d'importance ! Ils s'étaient mariés et le Fada avait fait construire une maison pour le jeune couple. Mais rien ne se passa comme ils l'espéraient. Tom avait dû abandonner son projet de pisciculture, et devrait se contenter d'élever des chèvres et fabriquer du fromage.

Aujourd'hui Gaëlle a quitté son travail un peu plus tôt que d'habitude. Elle se rend à Sisteron. Son amie Aline a accepté de l'héberger pendant quelque temps tout en lui précisant qu'il faudrait céder la place quand son compagnon, Alban, rentrerait en permission. Alban est militaire et effectue des séjours de plusieurs mois dans les pays africains. Il sera de retour vers la mi-août, néanmoins Gaëlle n'a pas l'intention de profiter longtemps de son hospitalité.

Elle consulte sa montre : dix-sept heures trente. Elle a rendez-vous à dix-huit heures à l'agence Laforêt pour visiter un meublé de trois pièces. Elle gare sa voiture à l'ombre d'une rangée de platanes. L'enseigne de l'agence est juste en face. Elle traverse la place, écrasée de chaleur, et entre dans l'agence. La femme qui la reçoit est grande, de forte corpulence, avec des cheveux blancs coupés très court. Elle cherche des clefs dans un tiroir et invite Gaëlle à la suivre.

— C'est à côté. On peut y aller à pied.

Tout en marchant, la femme lui vante la tranquillité de la petite ville. L'appartement est proche de tous les commerces et d'un collège. Gaëlle écoute distraitement. Elle se voit mal habiter dans un quartier qui ne lui parle pas. Elle a le sentiment de sombrer dans une nuit sans fond.

La visite ne dure pas longtemps. Gaëlle ne fait aucune remarque. Elle n'entend pas le vieux parquet grincer sous les pas, ne voit pas les portes disjointes des placards, ne pose aucune question sur l'évier fendu de la cuisine. Elle signe les papiers, donne la caution. Rendez-vous pris pour l'état des lieux à la fin de la semaine. Elle sort, marche un instant dans la rue. Le soleil lui brûle les épaules. Elle rentre chez son amie. En arrivant dans la ruelle où elle gare sa voiture, un homme, qui devait la guetter, sort d'un véhicule. C'est Tom, il s'approche, toujours aussi imposant. Quelque chose a changé dans son attitude. Le front bas, la tête rentrée dans les épaules, il se dirige vers elle d'un pas indécis.

— La mairie vient de téléphoner. Tu n'es pas allée travailler depuis trois jours. On s'étonne, ce n'est pas dans tes habitudes.

— Je suis souffrante, en effet. Je vais envoyer le certificat du médecin.

Il hésite à parler. Le cœur battant, il se force à sourire pour bien montrer que ses intentions ne sont pas belliqueuses.

— Gaëlle, je voulais te dire…

— Tais-toi, Tom. Ne me dis rien.

— Si, je voulais te dire que ton Espagnol et moi, ça fait un homme de trop dans le pays.

Tom a parlé d'une voix qui ne lui est pas ordinaire. Ce n'est pas un violent, pourtant ce soir il semble déterminé.

— Tu as bu, c'est ça ?

— Ça ne te regarde pas ! Maintenant, tu vas rentrer à la maison. Tes filles t'attendent.

Il veut lui prendre la main, elle sursaute. La répulsion hérisse sa peau, le moindre contact avec son mari la brûle.

— Ne me touche pas ! crie-t-elle.

— C'est ce qu'on va voir !

Il la saisit à bras-le-corps et l'emporte. Elle se débat, le griffe et hurle. Des passants se sont rassemblés. Alors, tout à coup conscient de ce qu'il est en train de faire, Tom desserre son étreinte et recule.

— Les filles te réclament, répète-t-il avec calme.

— Je sais, murmure-t-elle.

Il ne bouge pas, debout sur le trottoir, les bras ballants, ses lèvres murmurent des mots muets. La colère fait place à la résignation : il a envie de crier sa détresse, de vider son corps d'une pression qui l'écrase, mais il se retient devant les curieux.

Qu'a-t-il fait, Tom, pour mériter autant de malheur ? Il voudrait mourir sur-le-champ ! Pourquoi lui, qui n'a jamais fait de mal à personne, doit-il supporter ce feu qui le ronge, qui consume son grand corps ? Lui, si costaud, capable de maîtriser un taureau en furie, se retrouve aussi fragile qu'un vieillard qui peinerait à se tenir debout. Gaëlle est toute sa vie. Avant de la rencontrer, il ne pensait pas qu'il soit possible d'aimer une femme avec autant de force. Il vivait avec sa mère, s'était habitué au vide de son cœur. Quand Gaëlle est arrivée à la mairie de Peyruis, il a tout de suite compris que c'était elle qu'il attendait, elle seule. Il a fait tout son possible pour la rendre heureuse. Ce n'est pas un beau parleur, il emploie les mots simples qui expriment des pensées ordinaires. Il ne se perd jamais dans les méandres d'une réflexion compliquée. Et pourtant, sur cette place, aveuglé par le soleil, il parle d'une manière qui n'est pas la sienne, des phrases comme dictées par le plomb fondu qui ballotte dans son estomac.

— Je t'aime plus que tout ! Depuis que tu es partie, je n'ai qu'une envie, celle de me cacher au fond d'une cave et de ne plus jamais en sortir. Ton absence me rend laid. Chaque jour de ma vie t'est consacré, à toi et à nos filles. C'est vrai, je ne suis pas bien malin, je n'ai pas d'instruction, je ne peux pas te raconter de belles histoires, je t'en demande pardon.

Elle ne détourne pas ses yeux clairs du visage piqué de poils de barbe déjà gris.

— Tu es généreux, Tom. Tu es un bon mari,

je n'ai aucun reproche à te faire, mais je ne peux plus te mentir.

— Non, je ne suis pas généreux. Je préfère mourir dans la honte que de te savoir loin de moi et surtout dans les bras de ce médecin.

Sa décision est prise. Le calme, le doux est poussé à bout et fera froidement ce qu'il médite depuis plusieurs jours. Il n'est plus question de lancer des avertissements qui n'aboutissent à rien.

— Ton Espagnol paiera. Mais qu'est-ce que tu crois ? Qu'il est venu te chercher ? Non ! Il s'envoie en l'air avec la prof qui habite à côté. On les voit toujours ensemble ! Et il emmène le gamin de cette prof sur sa moto ! Ça fait belle lurette qu'il t'a oubliée.

Gaëlle reçoit le coup de poignard en plein cœur. Venant d'un autre, cette révélation l'aurait moins blessée, mais dans la bouche de Tom, elle la lacère au plus sensible de sa personne.

Elle s'emporte :

— Il faut bien qu'il vive ! Et ça fait belle lurette que je ne pense plus à lui.

Elle a menti, consciente que Tom prépare un acte irréversible. Dire que Pablo l'a oubliée peut le protéger des mains que Tom tient ouvertes devant lui, grosses comme des pinces. Elle fait volte-face et s'éloigne.

— Va-t'en, Tom, dit-elle tout en marchant. Nous allons divorcer, j'ai commencé les démarches.

— Tu le regretteras, je t'assure.

Jamais lui, l'indécis, n'a été aussi déterminé.

Ce soir-là, le calme de la nature rend les collines légères, comme à peine dessinées par le pinceau d'un peintre fatigué. Les cigales et les oiseaux se sont tus. Rien ne bouge, pas une feuille ne frémit. La campagne est figée dans la béatitude de l'après-coucher du soleil. Devant sa porte, Pablo respire la fraîcheur qui naît de l'air immobile. Le présent devient éternité, le jeune homme, vide de pensées, est seulement conscient d'être assis face à l'infini enfin révélé.

Avec Jules de tels instants ne peuvent pas durer. Son jeune voisin arrive, fait déraper les pneus de son vélo.

— Et si tu jouais un peu de musique, Pablo ? demande-t-il. Regarde comme tout est transparent, il manque quelques notes, tu crois pas ?

Pablo ne se fait pas prier. L'orgue l'appelle à chaque instant. A travers lui, il rejoint Adrien, Cecilia. Et sa mère qui ne l'a pas vu construire. Il doit jouer pour elle, pour qu'elle l'entende et comprenne que Pablo pense toujours à elle et lui demande pardon de ne pas avoir été assez prévenant.

Agathe les retrouve sur le sentier. Ils marchent lentement, comme pour ne pas déranger les moindres cailloux, pour préserver ce silence qui est déjà de la musique. Jules s'assoit à côté de sa mère, dans la pénombre de la nef. Pablo lui demande :

— Tu ne viens pas avec moi ?

— Non, ici c'est mieux.

Pablo se met à jouer. Les notes volent dans l'air, s'échappent de la chapelle par la porte ouverte, planent sur la colline... Au village, on est heureusement surpris. En cette soirée, le calme invitait à un tel concert. Depuis que l'orgue ne sonne plus à la tombée de la nuit, on trouve la chaleur excessive et le sommeil tarde.

Ils sortent des maisons, en silence, tournés vers la chapelle Sainte-Féréole. Ils traversent la place, se réunissent sans un mot. Ce soir, ils ont bien conscience que l'orgue de Sainte-Féréole leur appartient, qu'il leur ouvre les portes du ciel. Ils entrent dans la nef, s'assoient en silence ; les derniers arrivés s'installent par terre, jusque devant la porte. Bientôt la place est pleine.

Jeunes et vieux mélangés, unis par la voix du vent et de l'eau, devenus eux-mêmes un élément de la nature. Ils sont tous là, même Tom qui oublie sa douleur, même Pierrette qui n'est plus jalouse. Les différences et les querelles sont oubliées. Frères de la montagne, ils se sentent bien ainsi, leurs épaules se touchant. Et cela dure longtemps. La lune se lève, s'invite à la féerie...

Et puis la musique s'arrête. Tous redescendent sur terre. Ils échangent des regards, surpris d'être là, ensemble. Ils se lèvent lentement, sans un mot, pour ne pas briser la sensation qui les étreint, si dense et si nouvelle, si simple qu'ils s'étonnent de ne pas l'avoir déjà vécue.

Pablo se mêle à la foule. Les gens le regardent avec admiration. C'est lui, l'étranger, l'Espagnol, qui a joué cette merveilleuse musique ? Ils ne pourront plus jamais le rejeter. Une petite main vient se glisser dans la sienne et il marche ainsi avec Jules et les autres. La vieille Maurin pointe sa canne vers lui :

— Cet homme, c'est le diable !

Le lendemain, vers neuf heures, deux fourgons de CRS viennent prendre position près du champ où les travaux n'ont toujours pas commencé. Le préfet a reçu des ordres stricts de Paris. Il n'est pas question de laisser s'installer au Puget une zone de non-droit, et plus tôt les travaux démarreront, mieux ce sera. Les ouvriers sont présents, sur leurs machines qui attendent. Les forces de l'ordre se mettent en rang et le chef ordonne d'évacuer les lieux. Comme personne ne bouge, les policiers empoignent les manifestants à bras-le-corps. Le maire, pas peu fier de jouer les trouble-fête à son âge, se laisse emporter comme un paquet, sans un mot. Les gens du Puget et des communes voisines, retraités et éleveurs de moutons, sont là parmi les babos de Peyrefraîche. Une fois hors du périmètre des travaux, les CRS leur recommandent de rentrer chez eux. Un cordon de gendarmes les empêche de retourner dans l'espace où les machines commencent leur travail sous les ordres des maîtres d'œuvre qui prennent des mesures au laser.

Un groupe d'une centaine de marcheurs surgit par la route départementale. En tête, Tanguy Brigouli brandit une pancarte : « Laissez-nous vivre ». Ils crient des slogans hostiles au maire et à « ses destructeurs d'espoir ».

Brigouli s'approche des gendarmes :

— On est là pour vous donner un coup de main.

Stéphane Poulin a assisté à la scène et comprend que la partie est loin d'être gagnée pour lui.

La première journée est consacrée aux terrassements et aux travaux de nivellement. De gros bulldozers s'activent avec un bruit qui domine la rumeur de l'été et gêne la paix de ce petit coin sans histoire. Pablo et Agathe, partis se promener dans la campagne, les entendent au loin. La jeune femme s'émerveille de tout, découvre les curiosités des pentes rocheuses à mesure que Pablo les lui montre. Jules furète autour d'eux comme un chien de chasse, ne ratant pas une empreinte d'animal, pas un terrier de lapin ou de renard. Devant sa mère, il fait le naïf, s'extasie du nid d'une grive ou du chant d'un geai. En jouant ainsi, le petit braconnier qui veille en lui est attentif aux brindilles déplacées qui conduisent aux terriers dissimulés entre les rochers, aux arbustes couverts de baies sauvages que les grives viendront picorer à la tombée de la nuit et à l'endroit où il devra disposer ses pièges. De temps en temps, il envoie un regard complice à Pablo avec cet air malin qui signifie : « Elle ne connaît rien, ce n'est pas de sa faute, elle a toujours vécu en ville ! »

Agathe confectionne un bouquet de fleurs sauvages. Elle semble heureuse près de Pablo qui, lui, reste songeur. Sa blessure à la tempe guérit ; Agathe a enlevé le pansement ; une grosse croûte sombre tache le haut de sa joue. Ils marchent en direction d'une forêt dense d'arbres rabougris et d'épineux. Jules la contourne par un sentier jusqu'à une clairière où sont entassées des épaves rouillées de machines agricoles, vieilles voitures, tracteurs aux larges pneus dégonflés.

— Viens, dit l'enfant en prenant la main de Pablo. Toi, maman, reste là, c'est plein d'épines et de serpents.

Jules, avec l'agilité d'un cabri, saute par-dessus les ronciers, évite les buissons, s'arrête devant une moissonneuse-batteuse rouillée. Puis il indique à Pablo :

— Ta voiture est là-dessous !

Pablo se penche et découvre en effet une épave écrasée sous le poids de la grosse machine privée de ses roues. Par endroits, des restes de couleur rouge ont résisté à l'attaque de la rouille. On s'est visiblement acharné sur cette carrosserie pour en masquer la forme initiale.

Pablo le fait remarquer à Jules.

— D'accord, c'est une voiture rouge, mais rien ne prouve que c'est celle de…

— Viens voir, le phare de droite est presque intact et c'est le même que celui de la voiture de sport que tu m'as montrée sur ton téléphone.

Le gamin a raison. Quel fin observateur ! Cette voiture pourrait bien être celle de Cecilia.

— Tu sais à qui ça appartient, ce dépôt ?

— Oui, au père de Rémi Pelaud, mon copain. Il habite au hameau qu'on appelle les Bouissous. Le village est à eux. Avant, il y avait plusieurs familles, mais tout le monde est parti, alors le père de Rémi a la montagne pour lui, les champs de lavande et la forêt qui se trouve autour de nous.

— La voiture, tu crois qu'elle était à lui ?

— Non ! Si tu le connaissais, tu comprendrais que c'est pas possible. Je peux lui demander d'où elle vient.

— Si tu veux.

Ils retournent auprès d'Agathe qui les attend, assise à l'ombre d'un figuier aux larges feuilles vertes.

Ils font demi-tour. Pablo est persuadé que cette voiture est bien celle de Cecilia. Le fait de l'avoir ainsi cachée prouve que celui ou ceux qui l'ont amenée ici ont des choses à se reprocher. Mais que doit-il faire ? Avertir la gendarmerie ?

Il prétexte la nécessité de communiquer avec son cabinet et son assistante pour aller chez lui. En réalité, il a reçu plusieurs messages d'Amanda qui le somme de rentrer, ne serait-ce que quelques jours afin de s'occuper de ses patients qui l'attendent. Il entre dans sa chambre et rassemble ses affaires dans sa valise. La porte claque. Des pas pressés sonnent sur le dallage de la cuisine.

— Pablo, tu es où ?

La voix de Jules lui fait un bien immense. Le gamin s'étonne de voir la valise ouverte sur le lit.

— Tu repars ? demande-t-il d'une voix grave.

— Mais non. Je regardais ce que j'avais comme vêtements. Il faut que j'aille en acheter.

— Ah bon. Parce que je voulais te montrer quelque chose. C'est tout à côté.

— Alors, on y va.

Ils partent sur le sentier caillouteux. Pablo sent la chaleur du soleil comme une invitation à ne plus penser à son cabinet, à ses patients qui trouveront, il l'espère, un autre médecin. Jules se faufile entre les aubépines et s'arrête à l'orée d'une prairie aux herbes sèches.

— Regarde, souffle-t-il en s'approchant très près de Pablo.

Pablo remarque entre les herbes une perdrix rouge et ses petits qui cherchent des insectes.

— C'est la première fois que je vois ça. C'est bien la preuve que la campagne n'est pas morte et qu'elle a envie de revivre.

Sans mesurer la portée de son acte, Pablo attire le gamin contre lui et le garde ainsi un long moment.

Jules se donne à l'étreinte, puis se détache lentement.

— Tu vas voir, murmure-t-il. Le mâle n'est pas très loin.

Il se dresse. La perdrix pousse un cri qui rameute ses poussins. Aussitôt, surgi des grandes herbes, le mâle se montre en piaillant comme s'il était blessé, traînant de l'aile pour attirer l'attention sur lui.

— C'est quand même bien fait, la nature ! constate Jules, ému.

— Comme tu as raison ! répond Pablo. Allez, je t'emmène faire un tour à moto !

— Chouette ! Tu es le meilleur !

Ce deuxième jour de travail à Prognes, de bonne heure, les ouvriers préparent leurs machines en plaisantant. Ils veulent profiter des heures fraîches de la matinée pour avancer dans les travaux de terrassement et le creusement des fondations. Ils appuient sur le bouton du démarreur. Les moteurs hoquettent et refusent de se lancer. Après plusieurs essais infructueux, ils doivent se rendre à l'évidence : les machines ont été sabotées. Roger Vattan alerte par téléphone le capitaine Ledru qui ne comprend pas : ses hommes ont monté la garde toute la nuit, et les caméras de surveillance n'ont rien signalé. Pourtant, les faits sont là, il va falloir beaucoup de temps pour réparer les dégâts et reprendre le travail. Vattan n'est pas optimiste :

— On n'a pas de machines de rechange. Tout ce temps perdu représente une grosse perte qu'il faudra bien chiffrer, et je ne pense pas que les assurances suivront.

Pendant la matinée, plusieurs équipes de mécaniciens s'affairent en plein soleil. Des durites ont été sectionnées et il faut les remplacer, tout comme les batteries mises en coupe-circuit.

Vattan téléphone à plusieurs dépôts pour trouver des machines de remplacement.

Pablo se rend à la gendarmerie. Il a changé d'avis et veut faire part de ses découvertes au capitaine Ledru. Il veut surtout savoir pourquoi ses hommes ont aussi rapidement stoppé leur enquête après la disparition de Cecilia.

Il est reçu par un Ledru sur les dents qui prend quand même le temps de l'écouter.

— Faites vite, précise-t-il. Je crois qu'avec ce chantier, je vais devenir fou !

Alors, Pablo entre directement dans le vif du sujet :

— J'ai la preuve que Cecilia, l'épouse de M. des Noyers, a été assassinée et je peux indiquer où se trouvent ses ossements et l'épave de sa voiture. On m'a tabassé, ma moto a été cassée. On a tiré un coup de fusil dans ma fenêtre.

— Quel rapport entre tout cela ? rétorque le gendarme.

— Le festival d'orgue. Le village de vacances, l'hôtel…

— Comme tout le monde, j'ai pensé que Cecilia avait quitté son mari. Si vous me présentez la preuve qu'on l'a tuée, il faudra donc relancer l'enquête et fouiller dans la famille des Noyers.

— Qu'est-ce que vous insinuez ?

— Rien de particulier, mais Adrien ne cessait de répéter que sa sœur avait le crime dans le sang. Je vais présenter les faits nouveaux au parquet, mais cela peut prendre plusieurs jours. Et puis, je vous avoue que nous n'avons pas beaucoup de temps pour faire de l'investigation. Le préfet a mobilisé toutes les forces locales pour protéger le chantier.

Ledru soupire. Tout cela l'ennuie terriblement. Après avoir fait ses débuts en région parisienne, il a eu la chance d'être nommé ici, dans un endroit hors du monde où il ne se passe jamais rien. Et voilà qu'on lui met sur les épaules un assassinat que sa négligence a ignoré, plus la surveillance d'un chantier et enfin la protection de cet Espagnol qui aurait mieux fait de rester chez lui ! C'est un paisible, le capitaine Ledru, sa vie de presque retraité lui suffit. Il ne cherche pas à briller, ni à avoir sa photo dans les journaux, il n'a pas l'étoffe d'un héros, il veut vivre dans la petite maison qu'il a achetée une somme dérisoire et qu'il retape à son rythme, cultiver son potager, bien que très sec et peu productif, cueillir des champignons à l'automne et chasser la bécasse.

Pablo salue Ledru qui lui pose familièrement une main sur l'épaule :

— Si vous voulez mon avis, je pense que votre festival, votre complexe de vacances vont polluer un endroit resté propre. Je ne crois pas que ce soit une bonne idée !

— Vous préférez une piste de ski ? C'est bien pire. Et ne rien faire, c'est abandonner ces villages d'altitude à des marginaux venus de la ville, parce que la nature a horreur du vide !

Pablo quitte la gendarmerie de très mauvaise humeur. Il enfourche sa moto et part lentement en direction de Peyruis. Il connaît bien la route qu'il suit au flanc de la montagne. Il y emmenait Gaëlle autrefois sur le porte-bagages de sa mobylette. Ils s'arrêtaient au sommet, à l'endroit où la pente bascule vers le versant sud et où le vent reste froid, même en plein été. Ils s'asseyaient sur un tronc d'arbre oublié, devenu le lieu magique où ils n'avaient pas besoin de parler, unis par le vent et le contact de leurs mains. Ainsi dominant la campagne bleutée, ils étaient les maîtres du monde ; rien de mal ne pouvait leur arriver. Souvent, au printemps, ils se rendaient dans les fêtes de village, ils dansaient au son aigre de l'accordéon sous les regards envieux. Ils étaient si beaux !

Au sommet, le tronc pourrissant est toujours là, couvert de mousse, mais bien à sa place, au bord du chemin qui n'est plus qu'un sentier envahi d'herbes hautes sèches. Il s'assoit, et Gaëlle s'assoit à côté de lui. Ce n'est qu'un mirage, mais un mirage tellement fort que son cœur s'emballe. Puis l'apparition s'efface, la nature reprend sa place

Il retourne chez lui, fatigué. Jules entre en coup de vent, affolé, au bord des larmes.

— Viens vite, il faut que tu m'aides.

— Qu'est-ce qui se passe ?

— Viens, je te dis.

Pablo suit le gamin qui prend la pente en direction de la forêt. Jules marche vite, les cailloux roulent sous ses pas, ce qui n'est pas dans ses habitudes. Ils atteignent le ruisseau de Parmat qui serpente entre les herbes, dans ce petit plat où l'eau prend le temps de paresser. Jules se dissimule dans un taillis, faisant signe à Pablo de s'approcher. Ils se tassent entre les ajoncs et attendent. Tout à coup, cinq marcassins sortent d'un buisson et se mettent à fouiller le bord de l'eau pour trouver des larves et des racines.

— Ils ont tué la mère cette nuit. Les salauds ! Ces pauvres petites bêtes vont être bouffées par les renards et les loups.

— Qu'est-ce qu'on y peut ?

— Il faut que tu le dises à M. Levassein, le responsable des Eaux et Forêts. Il trouvera un moyen. Faut faire vite, les renards sont déjà à l'affût. Toi, il te prendra au sérieux, alors que moi, il ne me croira pas.

— C'est d'accord. J'irai le voir.

Ils reviennent au village en silence. Jules, la tête baissée, est visiblement affecté pour ces jeunes animaux condamnés. N'est-il pas lui-même perdu près d'une mère qui ne le comprend pas et d'un père qui l'a rejeté depuis longtemps ? Pablo le rattrape et pose sa main sur son épaule. Jules tourne vers lui un visage triste.

— Je serais si content si tu restais avec nous.

Le silence retombe entre eux, criblé par le bruit des cigales. Un oiseau chante sur une branche basse.

— Ma mère, c'est une petite fille. On ne peut pas compter sur elle.

— Viens, je t'emmène faire un tour à moto. On va aller voir ce M. Levassein.

Les réparations prennent plus de temps que prévu et depuis trois jours, le chantier est à l'arrêt. Les gendarmes ont beau surveiller les alentours, chaque nuit des individus réussissent à s'introduire auprès des machines et à réduire à néant une partie du travail de la journée. Le préfet n'en peut plus. Des groupes rameutés sur Internet, des anciens de Notre-Dame-des-Landes ont investi le bosquet voisin et y construisent des cabanes en planches. Ils allument des feux qui éclairent les abords du chantier. Les gens du pays, qui ont laissé faire au début, commencent à s'inquiéter de ces rassemblements de marginaux toujours plus nombreux. Ils occupent des espaces privés sans l'accord des propriétaires, coupent des arbres pour leurs cabanes et vivent d'une manière outrageante.

— Ils se promènent à poil ! assure Mme Péguy, l'ancienne institutrice.

— Ils baisent tous ensemble comme des animaux ! ajoute son mari.

Les gendarmes qui ont voulu les chasser ont été accueillis par des huées et des jets de pierres.

Cela aussi contrarie les habitants. Ici, on a le droit de s'opposer, de manifester, mais on respecte l'ordre républicain. Le maire regrette d'avoir été avec eux et tente de reprendre la main en multipliant les avertissements.

— C'est toi qui l'as voulu, lui répond Frédéric Barrat, son adversaire de toujours. Quand on sème le vent, on récolte la tempête. Au Puget, on se dit qu'on est allé un peu loin et qu'on a ouvert les portes à une faune dont personne ne veut. La contestation locale du début a dépassé ses initiateurs et prend une tournure qui ne convient à personne.

Une réunion organisée par le président du conseil départemental accueille la municipalité au grand complet, Pablo et ses partisans qui osent enfin s'afficher à ses côtés, Pierre Poisson, M. Garry, le préfet en personne, qui se pince les narines en sentant l'odeur de bouc que répandent ces paysans entassés dans la salle municipale surchauffée. Comme il est pressé d'en finir, il ne mâche pas ses mots :

— Vous êtes en train de vous laisser manger par des anarchistes. Bientôt ce sont eux qui feront la loi chez vous !

— Il ne faut surtout pas que la situation s'enlise, dit PP en déboutonnant sa belle veste beige. Les babos feront très bientôt partie du paysage et personne ne pourra plus les déloger parce qu'ils seront de plus en plus nombreux, incrustés comme des tiques !

L'image des tiques, ces sales bestioles qui sucent le sang des animaux, marque l'assistance.

— Bon, alors qu'est-ce qu'on fait ? demande un homme très brun assis au premier rang.

— Ce qu'on fait ? s'emporte Tanguy Brigouli en regardant ses partisans qui occupent les premiers rangs. On fout tous les emmerdeurs dehors et on construit le village de vacances et l'hôtel !

Frédéric Barrat, qui profite de l'occasion pour se ranger du côté des jeunes, se lève et prend la parole.

— Il y a ces… ces vagabonds qui s'installent un peu partout. C'est à la police et à vous, monsieur le préfet, de nous en débarrasser. C'est vrai que le festival, et ce qui s'y rapporte, donnera de l'activité, mais à quel prix ? La grande valeur de notre montagne, c'est sa pureté, son absence de pollution !

— Les deux ne sont pas inconciliables ! s'écrie Brigouli.

— C'est bien ce que je pense, conclut Barrat en s'asseyant sous les applaudissements.

Le préfet voit là une lueur d'espoir. Le président du conseil départemental demande la parole. Il a l'habitude de ce genre de situation. Il est parvenu à faire admettre un parc d'éoliennes dans une commune du bas pays et veut se servir de son expérience pour remporter la mise.

— Nous sommes prêts, au conseil départemental, à fournir un gros effort pour accompagner ces réalisations, qui changent des sempiternelles stations de ski, ajoute Poisson. L'écologie coûte cher, mais nous obtiendrons des subventions de l'Europe !

Un silence suit cette affirmation. PP s'attendait à un tonnerre d'applaudissements, mais les gens retiennent leur enthousiasme. Les opposants au projet n'ont pas dit leur dernier mot.

— Bien, fait le préfet pressé d'en finir et de quitter ce lieu confiné, M. Sierra, propriétaire de l'orgue et des terrains de Prognes, a une communication à vous faire.

Pablo se lève et monte sur l'estrade sous les applaudissements nourris de Brigouli et de ses partisans. Quelques sifflets montent du fond de la salle.

— Cette réunion doit être le point de départ d'une entreprise ambitieuse pour notre contrée qui meurt, commence-t-il. Qui à Paris sait où se trouve la montagne de Lure et ce qu'on y fait ? Personne ou presque, et c'est de cet oubli que nous souffrons. Comment vendre nos produits, trouver de nouveaux débouchés puisque nous n'existons pas ? Certes, les villes des vallées et de la plaine ont connu un certain développement, mais nous, ici à mille deux cents mètres d'altitude, nous sommes condamnés à disparaître. Adrien des Noyers m'a légué sa fortune. Je ne me sens pas le droit de la garder pour moi seul. Adrien était un enfant du pays et ce qu'il a gagné doit revenir à la terre de ses ancêtres, cette terre. Ces capitaux vont donc être utilisés au développement de la région.

Quelques applaudissements, puis le silence s'installe à nouveau dans la fournaise.

— Nous allons faire découvrir Le Puget avec le joyau que nous a légué Adrien des Noyers, l'orgue hydraulique, qui attirera curieux et mélomanes pendant un festival d'été. Nous demanderons la création d'un label de qualité « Villages de la montagne de Lure ». Notre eau si propre où vit la truite sauvage est aussi un atout. Tom Machaud va pouvoir terminer sa pisciculture et produira des poissons à croissance lente, de haute qualité gastronomique, truites, ombles, saumons de fontaine. Nous ferons la promotion de nos fromages et de tout ce qui peut se produire ici.

— Bravo ! s'écrie Barrat avec enthousiasme, soucieux d'être dans le bon camp.

Le maire applaudit à son tour, mais avec moins de ferveur car il sait qu'il va être chassé de la mairie.

— J'ajoute, précise Pablo, que je vais m'installer comme médecin au Puget, que nous allons construire une maison médicale avec un kiné, deux infirmières et probablement un second médecin, ce qui évitera à la population âgée de se déplacer jusqu'à Saint-Etienne-des-Orgues, voire Digne pour les cas les plus graves. Le but, la finalité de tout cela, ce sera la réouverture de l'école communale que monsieur le maire a eu la bonne idée de ne pas vendre quand cela lui a été proposé.

Le maire, Poulin, est applaudi à son tour et sourit.

Quelques protestations fusent, mais il fait vraiment trop chaud pour s'éterniser dans cette salle où l'on étouffe. On se sépare. Devant la salle polyvalente, Barrat attend le maire et lui demande d'un air revanchard :

— Votre copain Mongeron, le marchand de vêtements de luxe à Marseille, je m'étonne qu'on ne l'ait pas vu !

— Il est très occupé en ce moment, répond Poulin. Il dit qu'il n'a plus le temps de profiter de sa propriété au Puget et parle de la vendre !

Des groupes se rendent au bistrot où Lorraine court de table en table. Paulo a laissé son atelier pour aider au service, un tablier blanc trop long noué à la taille. Il apporte les rafraîchissements sur un plateau d'où dépassent ses doigts aux ongles noirs de cambouis.

Lorraine ne cesse de clamer sa joie. Enfin, ce pays va bouger ! Enfin, on va le faire revivre !

— Il faut savoir être de son temps ! conclut Pierrette, résignée.

Tom espère de nouveau : voilà que son projet dont tout le monde se moquait est pris au sérieux par le préfet en personne. Il se voit au milieu de ses bassins où nageront de magnifiques truites, accueillant les clients venus de la vallée.

— Je savais qu'on finirait par me comprendre !

L'enquête sur la disparition de Cecilia Maggioni va enfin reprendre. Le capitaine de gendarmerie et ses hommes accompagnent Florent Chambeau, le nouveau commissaire de police, sur les lieux indiqués par Pablo. Les ossements sont exhumés et confiés à la police scientifique de Digne qui procède aux premières analyses. Florent Chambeau, avec son allure de play-boy, semble plus préoccupé par son apparence que par la recherche des criminels. C'est son premier poste dans cette région reculée où il ne se passe jamais rien, et il s'ennuie. Ce Parisien déteste la campagne et les paysans. Il passe la plus grande partie de son temps sur la côte. Le capitaine Ledru, qui n'accorde aucune confiance à ce jeune freluquet, souffle à l'oreille de Pablo : « Avec lui, il ne faut pas s'attendre à trouver le meurtrier. »

Chambeau ne s'attarde pas au Puget. Ici, même le vent des cimes a une odeur de purin. Il demande à Ledru de le tenir au courant dès qu'il aura du nouveau et s'en va.

— Je pense qu'on ne verra pas beaucoup ce bellâtre qui n'a rien d'un policier ! dit le capitaine à Pablo.

Chambeau, pendant cette période estivale, est plus attiré par les boîtes de nuit sur la côte que par les montagnes désertes du pays de Lure. L'enquête peut attendre. Voilà plus de deux ans que Cecilia a disparu et personne ne s'en offusque. On n'est plus à quelques mois près !

Le soir même, tout le monde est averti de l'incroyable nouvelle : les os sont bien ceux de Cecilia ; la jeune femme a donc été assassinée et le meurtrier n'a pas hésité à l'enterrer dans la montagne. Un climat de suspicion s'installe de nouveau sur le village. On espérait surtout ne jamais revivre la terrible atmosphère qui avait régné au Puget les jours suivant la disparition de la jeune femme, alors que les gendarmes questionnaient les villageois en quête d'indices.

Quelqu'un frappe à la porte entrouverte de Pablo. Un solide paysan à la figure hérissée de barbe grise approche timidement. Pablo lui propose de s'asseoir sur un fauteuil en face de lui, mais l'homme reste debout.

— Il faut que je vous parle, dit-il d'une voix mal assurée. Je m'appelle Franck Palaud…

Il tripote sa casquette. Enfin, il inspire, ce qui soulève sa large poitrine, et ajoute :

— Voilà… Ici, les nouvelles vont vite. On dit

que la police va reprendre l'enquête sur la mort de Cecilia, la poule du Fada.

— En effet, répond Pablo, il y a des éléments nouveaux.

— Justement, je voulais vous dire... J'ai vu le gamin de votre voisine rôder autour de mon dépôt de vieilles machines. Il est partout à la fois, ce petit diablotin, il voit tout, il entend tout. Et l'autre jour, il regardait sous la moissonneuse-batteuse.

— Et alors ?

— Il y a l'épave d'une voiture rouge.

— Je sais. Et le crois que je sais à qui appartenait cette voiture.

Franck Palaud lève ses grosses mains de travailleur à la hauteur de son visage, comme sur la défensive.

— Je veux pas d'histoires, moi. Je suis honnête et je n'ai jamais fait de mal à personne.

Il hésite encore, cherche ses mots. Pablo ajoute :

— La police a la certitude que les ossements sont ceux de Cecilia, donc qu'elle a été tuée par quelqu'un du village ou des alentours. Les enquêteurs vont bien tomber sur le coupable, c'est certain.

— Je ne suis pas un criminel. Moi, je ne lui voulais pas de mal à cette jeune femme, même que je la trouvais fort belle. Elle roulait très vite et moi, je venais en face, au-dessus du ravin du Bouy. Elle était à gauche dans le tournant, elle a voulu m'éviter. Elle a donné un coup de volant et sa voiture est partie dans le ravin. Je me suis arrêté, bien sûr.

Je suis descendu au fond du ravin, elle était morte. Sa voiture n'était plus qu'un tas de ferraille. Alors, j'ai paniqué.

— Pourquoi, puisque ce n'était qu'un accident et qu'elle était responsable ?

— On disait tant de choses sur le Fada ! Oui, j'ai eu peur et j'ai tout camouflé. Il existe un chemin par l'autre rive. Je suis descendu avec mon tracteur et j'ai placé l'épave avec mes vieilles machines, dans les ronces, là où personne à part ce gamin plus malin qu'un renard n'aurait eu l'idée d'aller la chercher.

— Et Cecilia, qu'est-ce que vous en avez fait ?

— Je l'ai enterrée, dans le ravin. Depuis, les remords me rongent. Je ne peux plus vivre avec ce poids. L'année dernière, j'ai pensé qu'on finirait par découvrir les ossements, alors j'ai cherché une autre cachette où je les ai enterrés une nuit. Et j'ai eu le sentiment que quelqu'un me regardait, comme un œil au-dessus de moi qui me jugeait !

— Quelqu'un vous a bien vu puisque j'ai pu récupérer les ossements et faire une analyse ADN prouvant que ce sont bien ceux de Cecilia.

Palaud sue à grosses gouttes. Il s'essuie machinalement le front avec son bras poilu.

— Je vais aller voir les gendarmes et je vais tout leur raconter. Je ne peux plus porter ce poids.

— Mais pourquoi vous êtes venu me parler à moi en premier ?

— Parce que je vous ai vu avec le gamin. Et puis, il fallait que je me libère la conscience. Le plus difficile, c'est d'avouer une première fois, maintenant j'aurai la force de parler aux gendarmes.

— Votre seule faute est d'avoir eu peur. Vous n'êtes pas un assassin et vous ne serez pas condamné !

Palaud lève un regard rassuré sur Pablo. Son visage s'est éclairci. Il sourit légèrement.

— Vous ne pouvez pas savoir combien cela m'a fait du bien de vous parler. Merci de m'avoir écouté.

Tout à coup plein d'entrain, il tend une main amicale à Pablo et sort.

Dès le lendemain, la nouvelle fait le tour du village. Pablo n'en a parlé à personne, mais Frank Palaud, mis en garde à vue, a été interrogé par le commissaire Florent Chambeau qui tout à coup prend son rôle très au sérieux.

Tout le monde est d'accord : ce pauvre Palaud n'a pas eu de chance. Cecilia était d'une imprudence coupable au volant de sa puissante voiture de sport. Les gendarmes l'avaient avertie plusieurs fois. Tout le monde savait que sa conduite irresponsable conduirait au drame.

La nouvelle rassure. Supposer qu'un assassin se cachait parmi eux, que cet assassin pouvait être n'importe qui, le plus proche voisin, un membre de la famille, rendait irritable, et chacun se surveillait.

Pierrette, qui a été directement mise en cause par son frère, est soulagée. On l'écoute avec plus d'attention. Fine mouche, elle se garde bien pourtant de trop en faire. Elle se rend à Sisteron en fin d'après-midi pour annoncer la bonne nouvelle à sa fille qui l'a soupçonnée comme tant d'autres.

En apercevant sa mère, Gaëlle, qui rentre chez elle, hésite à s'échapper par une rue voisine, puis décide de faire front. Pierrette l'embrasse sur les deux joues et lui lance un regard triomphant.

— Enfin, la vérité vient d'éclater. Cecilia est morte dans un accident de voiture ! Et dire que ton oncle n'hésitait pas à m'accuser ! Le diable ait son âme !

— Ah bon, fait Gaëlle, mal à l'aise.

— Oui, et j'en profite pour te dire que ce pauvre Tom va faire une bêtise. Lui d'ordinaire si calme, si doux, ne décolère pas. Tu ne crois pas que la comédie a assez duré ? La petite Marion pleure pour un oui pour un non ! Tu as fait assez de mal !

— N'insiste pas, maman, ça ne servira à rien !

Gaëlle tourne les talons, et plante Pierrette sur le trottoir, l'esprit envahi par des pensées aussi sombres que les gros nuages d'orage qui couvrent parfois le mont de Lure.

Gaëlle rentre chez elle, ferme sa porte à double tour et se laisse tomber sur le canapé. La visite de sa mère l'a plus éprouvée qu'elle ne l'a montré. La voilà au fond de la nasse, sans la moindre lueur d'espoir. Elle tourne en rond dans son nouvel appartement avec deux chambres, une pour elle et l'autre pour ses filles. La décoration traditionnelle ne lui parle pas, et cette odeur particulière laissée par les derniers occupants l'écœure. Les bruits des voisins, du parking sous la fenêtre de sa cuisine la dérangent, l'agressent. Que fait-elle dans cet immeuble de quinze appartements au cœur d'une ville qu'elle connaît à peine ?

A la mairie, ses collègues la regardent avec curiosité. Elles ont connu Tom, le meilleur homme qui soit, et ne comprennent pas qu'elle l'ait quitté. Mais comment, se demande la jeune femme, leur expliquer que la seule vue de son mari lui est devenue insupportable ?

L'heure est venue de payer sa trahison. Elle se

revoit écrivant cette maudite lettre, les yeux rivés sur la liasse de billets posés à côté de sa main. Comment a-t-elle pu brader pour cette somme dérisoire ce qu'elle avait de plus précieux ? Son divorce ne changera rien à ses regrets. Elle a envie de disparaître au plus vite, de ne plus penser, ne plus avoir mal, retrouver la légèreté du vent…

Elle quitte Sisteron avec l'impression de s'évader de prison. La radio l'agace, elle la coupe, l'esprit lourd ; à mesure qu'elle s'approche du Puget son appréhension grandit, l'oppresse, gêne sa respiration. Son village natal est toujours associé à Pablo. Comment s'y rendre sans risquer de le surprendre en compagnie de sa voisine, cette prof divorcée sur laquelle on raconte les pires choses ? Pablo, c'est son funeste destin, il est trop tard pour le retrouver. Son pied se soulève de la pédale d'accélérateur. La voiture ralentit. Gaëlle se gare à l'ombre dans un sentier qui part à travers les ajoncs. Elle coupe le moteur. Tout est sombre en elle, contradictions ; ses pensées courent, se mélangent, s'opposent. Elle sort de sa voiture, fait quelques pas en direction du village dont elle aperçoit le clocher. Sur sa droite, elle dépasse la ferme qu'occupe Pablo, et un peu en retrait, la maison de cette Agathe qu'elle a vue de loin et qu'elle trouve moche et vulgaire. Elle regarde longuement les deux bâtiments, le corps pétri de douleur. Elle emprunte le sentier qui conduit à la chapelle.

Qu'est-ce qui a poussé Pablo à sortir, au même moment, par la petite porte à l'arrière de sa maison, et regagner le bosquet qui contourne la cour ? Une voix au fond de lui, un appel si puissant qu'il n'a pas pu y résister ! Il marche, retrouvant ses habitudes discrètes d'autrefois. Il évite les brindilles qui cassent sous la semelle, se faufile entre les branches sans déranger les feuilles. Gaëlle est là, assise sur un rocher, la tête baissée. Magnifique dans sa robe légère remontée au-dessus de ses genoux ; ses cheveux dénoués tombent sur ses épaules. Un élan l'incite à se montrer, elle hésite, feint la surprise, mais elle l'espérait.

— Gaëlle ? s'étonne Pablo. Comme si je m'attendais…

— Je vais voir mes filles.

Cette bonne raison sonne faux dans sa voix pourtant claire. Elle voudrait s'enfuir, car son envie de mère était un prétexte pour venir respirer l'air de Pablo, pour sentir sa présence.

— On m'a dit que tu étais avec ta voisine ? Félicitations, elle semble très avenante !

— Non, je ne suis pas avec elle.

— Je m'en fous. Ça me laisse indifférente.

Elle a mal partout, une douleur aiguë qui serpente dans son corps, brûle son estomac et lui brise les jambes. Elle se lève, Pablo fait un pas vers elle, s'arrête, indécis. Alors, pour chasser ce silence qui l'étrangle, pour ne plus entendre cogner son cœur, pour supporter le regard posé sur elle, la jeune femme prononce les seuls mots qui lui viennent à l'esprit, et qui l'éloignent de Pablo :

— Tu crois peut-être que c'est parce que tu es revenu que j'ai quitté Tom. Tu te trompes !

Elle le fixe droit dans les yeux et son regard ne correspond pas à ses paroles. Ses bras levés en un signe de défense retombent le long de son corps, ses épaules s'affaissent, elle baisse la tête, vaincue. A son tour, il avance les mains. Gaëlle inspire, et dans un élan irréfléchi, elle se précipite dans ses bras. Un sanglot soulève sa poitrine.

— Je n'ai pas le droit ! murmure-t-elle.

— Je n'ai rien oublié, murmure-t-il. Je t'aime toujours !

Ces mots lui font aussi mal qu'une gifle. Elle se sépare vivement de Pablo et part en courant. Sa voiture démarre en trombe sur la piste. Pablo a du mal à respirer, le sang bouillonne dans ses veines, son cœur bat à éclater. Il n'entend plus le raffut des cigales. Enfin, il bouge, fait demi-tour et remonte chez lui.

Ce soir, il n'a pas envie de voir Agathe. Il s'enferme, s'allonge sur son lit dans la pénombre de sa chambre et s'abandonne aux souvenirs. Il ressent encore, brûlant sur sa joue, le contact de la peau de Gaëlle. Il flotte entre le bonheur de ces retrouvailles et la peur de l'avenir.

Le cahier est toujours sous le pot de fleurs. Pablo ne veut pas l'ouvrir. Qu'apprendrait-il de plus ? Et l'écriture d'Adrien est vraiment trop difficile à déchiffrer. La porte s'ouvre violemment. Pablo a juste le temps de sauter du lit quand Jules fait irruption dans la pièce. Le gamin regarde autour de lui, comme s'il découvrait cet endroit qu'il connaît pourtant, puis recule et tourne vers Pablo son visage de chat en colère.

— Je te déteste ! crie-t-il.

Pablo s'approche du gamin qui s'échappe en poussant un cri strident.

— Il a fallu que tu casses tout avec cette femme !

Pablo prend Jules par le bras et l'oblige à le regarder.

— Vas-tu t'expliquer !

— Ma mère t'a vu avec la femme et elle m'a dit qu'on allait déménager. Elle veut aller à Aix, prendre un appartement !

— T'en fais pas, mon petit joueur d'harmonica. Tout va s'arranger.

— Si j'avais un fusil, je te tuerais !

Le gamin court vers la porte en poussant un cri d'animal.

— Non, ça ne s'arrangera pas ! hurle-t-il.

Pablo sort à son tour, marche dans le sentier où Jules a disparu. Agathe est là, probablement alertée par le cri de son fils. Elle lui adresse un regard triste.

— Qu'est-ce qui lui prend, à Jules ? Pourquoi s'est-il mis en colère ?

— Il t'a vu avec la femme, ton ancienne fiancée, et il a compris ce que je sais depuis longtemps.

— Mais quoi ? s'emporte Pablo qui n'aime pas entendre une vérité qui le hante.

— J'y ai cru au tout début. J'ai pensé qu'on pouvait s'entendre tous les deux, mais cette femme sera toujours entre nous. Alors, j'ai compris que ma retraite au Puget avait assez duré. Je vais partir à Aix.

— Mais Jules se plaît ici ! C'est son village, celui où il se fait des souvenirs pour le restant de sa vie ! A Aix, il va s'ennuyer, c'est un petit gars des bois qui sait tout des montagnes et des animaux, tu l'imagines dans une ville ?

— Je sais. Mais il s'adaptera. La vie est ainsi faite d'expériences qu'on ne mène pas forcément jusqu'au bout.

Elle s'éloigne. Pablo ressent tout à coup la sensation d'une immense solitude. Finalement, qu'a-t-il réussi à part son métier de médecin ? Il n'a connu que des séparations !

La nuit tombe. Pablo n'a pas envie de s'enfermer chez lui. Alors, il prend sa moto, et roule au hasard des routes. Le vent fouette son visage et c'est agréable après une chaude journée. Il traverse Le Puget sous le regard étonné des promeneurs. Le bistrot de Lorraine est envahi de clients qui prennent le frais aux tables disposées sur le trottoir. Lorraine va des uns aux autres avec son plateau. Pablo se dirige vers Ongles et arrive devant la maison de retraite. Ce n'est plus l'heure des visites mais la personne de garde le laisse entrer dans la chambre d'Albert. Le vieil homme ne cache pas sa surprise et sourit.

— Je t'attendais pas, mais tu me fais tant de bien !

Pablo pousse la chaise près du lit et s'assoit. Le vieil homme le regarde longuement de ses yeux profonds et larmoyants.

— Le soir, je ne vaux pas grand-chose !

— Tu avais raison. Les Pugetois ne sont pas des criminels. Cecilia est morte dans un accident de voiture !

— Ça m'étonne pas, fait le vieux. A la vitesse où elle roulait...

Ils se taisent, heureux l'un près de l'autre, silencieux, unis par Adrien. Pablo pose sa main sur celles du vieil homme qui murmure :

— Ce serait bien que je meure avant le printemps prochain. Tu sais, depuis que les gens sont moins nombreux dans la montagne, le coucou ne chante plus.

Cette remarque touche Pablo. Autrefois, les villages d'altitude étaient très peuplés et la vie grouillait dans les forêts et les rivières. L'homme n'est pas l'ennemi de la nature, mais il doit rester à sa place !

Albert soupire et s'endort, son visage maigre éclairé d'un sourire triste qui le rend beau. Pablo le quitte sans bruit en se jurant de revenir souvent.

Au retour, il passe par le moulin abandonné de Viaux que Tom voulait transformer en pisciculture.

Le torrent régulier, même en été, donne une eau fraîche, très claire et, à l'évidence, favorable à l'élevage des truites. Dans la pénombre d'une nuit lumineuse, il longe les bassins restés inachevés, marche sur la levée de l'étang destiné à fournir de l'eau en cas de sécheresse prolongée. Ce n'était pas une mauvaise idée ! Tom aurait pu trouver l'argent nécessaire, mais il a été découragé par les Pugetois, sa belle-mère en tête, qui soutenait qu'il ne vendrait pas ses poissons. « Ici, il n'y a de place que pour les chèvres et les cochons. Si les truites rapportaient, on le saurait et d'autres l'auraient fait avant toi. » Une infinité d'étoiles brillantes montrent la Voie lactée.

Pablo rêve un instant. Un vent léger le fait frémir. Il monte sur sa moto, et se dirige vers le sommet du col. Il roule en pensant que Cecilia est morte sur cette route au volant de sa décapotable, bêtement, pour avoir cédé à l'ivresse du vent dans ses cheveux. Pour cette sensation de puissance et de liberté que procure la vitesse…

Le 20 juillet, vers sept heures, deux cars de CRS arrivent sur le chantier bloqué depuis presque une semaine. Ordre est donné par haut-parleur à toutes les personnes occupant un lieu privé ou public situé à moins de cent mètres du terrain à construire de partir sous peine d'être évacuées par la force et condamnées à de lourdes amendes. Les policiers détruisent les tentes et refoulent les manifestants. L'opération prend une partie de la matinée, mais en début d'après-midi, la place est libre.

Au village, on commente l'événement ; des groupes se forment sur la place, et le bistrot de Lorraine accueille plus de consommateurs que d'habitude. Tous approuvent la fermeté des forces de l'ordre. Rien n'est plus rassurant que de se savoir protégé ; de plus, les avis sur le complexe hôtelier et le village de vacances sont de moins en moins hostiles. Rassemblés autour de Tanguy Brigouli, des jeunes ne cessent d'en montrer les avantages et finissent par convaincre un grand nombre de Pugetois.

Pablo se rend à l'atelier de Paulo pour savoir où en est la réparation de sa moto. L'homme lui tend une main noire de cambouis et recule sa casquette sur ses cheveux en broussaille.

— Elle est prête. Mais ils n'y étaient pas allés de main morte !

Avec sa moto enfin réparée, Pablo rentre chez lui. Où est Jules ? Depuis la veille, le gamin boude et il est temps de faire la paix avec lui. Pablo descend le sentier qui conduit à la maison d'Agathe. Personne. La voiture de la jeune femme n'est pas garée à sa place habituelle, sous le tilleul. Les volets sont fermés. Agathe aurait-elle déjà quitté Le Puget ? Pablo s'éloigne, triste et plein de regrets.

Son téléphone vibre dans sa poche. Il hésite avant de regarder l'écran. Est-ce Agathe, ou alors Gaëlle dont il aimerait tant entendre la voix ? Ni l'une ni l'autre. C'est Amanda, son assistante, inquiète de ne plus avoir de ses nouvelles. Il lui annonce qu'il va s'installer au Puget. La jeune femme en est très contrariée.

Le lendemain, il se lève tôt. C'est le plein été. Des fumerolles montent des vallées et se dissipent lentement dans un miroitement aveuglant. Un ciel sans nuages, très profond, est tendu au-dessus de la campagne silencieuse. Les cigales ne sont pas encore réveillées ; le temps semble arrêté.

Pablo marche dans le sentier. Les grandes herbes

plient sous le poids de l'humidité nocturne. La maison d'Agathe est toujours fermée. Que se passe-t-il ? Vers huit heures, il descend prendre son petit déjeuner chez Lorraine. Il salue Boïko et l'invite à sa table. Le Rom ne se fait pas prier et lui parle de l'orgue, du canal qu'il faudrait agrandir, et de la roue qu'il a rafistolée, qu'il faudra penser à remplacer.

Vers neuf heures, Pablo se rend à Peyruis. Il envisage d'y rester une partie de la journée. Cette nuit, allongé sur son lit, il a rêvé de Gaëlle. Ils roulaient enlacés sur l'herbe sèche d'une pente. Elle riait, ils avaient dix-sept ans.

Il sonne à la lourde porte du notaire. La jeune femme rousse le fait entrer et le conduit directement dans le bureau de Me Lebay.

— Je dois vous préciser que, dès son retour, Adrien vous a adopté, annonce Lebay. Vous êtes donc son fils légal, ce qui simplifie les procédures d'héritage et en limite le coût. Vous pouvez désormais vous appeler Pablo des Noyers ou conserver le nom de votre père biologique.

Adrien n'avait jamais parlé à Pablo de son intention de l'adopter.

Pablo signe plusieurs papiers, puis le notaire, qui ne semble pas pressé, prend le temps de bavarder. La renommée de l'orgue hydraulique est parvenue jusqu'à Peyruis. Le notaire se dit grand amateur de musique. Il a étudié le violoncelle et regrette que sa profession ne lui laisse pas assez de temps pour se consacrer à son instrument.

— M. des Noyers m'a dit que vous étiez un excellent organiste ! fait-il.

— Disons un bon amateur, rien de plus.

Finalement, Pablo n'a pas envie de s'éterniser dans ce bourg qu'il ne connaît pas. Au Puget, il se rend directement au cimetière. Maria et Adrien sont là près de lui, il les entend lui murmurer des mots semblables à des notes de musique. Un jour il reposera là, entre ces deux êtres chers...

Gaëlle tourne en rond dans son appartement. Elle ouvre en grand les fenêtres. Ayant toujours vécu dans une grande maison, elle n'est pas à l'aise dans cet espace confiné. Sortir implique d'emprunter l'escalier commun où elle croise des voisins. Elle, fille de la campagne, n'est pas faite pour la cohabitation. Elle doit se préparer : une amie l'a invitée à dîner. Ensuite, elles iront faire les folles dans une boîte de nuit, l'occasion peut-être d'une rencontre de hasard qui pourrait lui faire oublier momentanément sa situation sans issue.

Que lui réserve l'avenir ? Depuis qu'elle est seule, de nombreuses pensées, d'anciennes obsessions occupent son esprit. Elle a échappé à la malédiction des Des Noyers ; elle est plutôt intelligente et belle femme. Pourquoi n'a-t-elle pas profité de l'aubaine pour vivre pleinement, pour chercher le bonheur à tout prix ?

Le contact du tissu sur le dos du fauteuil la dérange. Avant, elle n'avait pas imaginé que les objets pouvaient avoir une histoire. Elle a toujours vécu dans la maison de son enfance et quand Tom et elle ont fait construire la leur avec l'argent de leur oncle, elle avait trouvé agréable l'odeur des peintures et des meubles neufs. Toute la maison s'offrait à elle pour en faire son nid, son refuge.

Elle se lève, va machinalement à la fenêtre. Dehors, la chaleur fait vibrer l'air. Le goudron liquide coule sur le bord de la rue. Une moto passe. Elle la reconnaît. Certes, il existe des centaines de motos identiques, mais celle-ci a quelque chose de particulier. C'était Pablo, elle en est certaine. Que fait-il ici ? La chercherait-il ? Cette pensée lui fait si mal qu'elle recule, s'appuie sur la table, incapable de se tenir debout.

Sa décision est prise. Elle inspire profondément, écrit un SMS, puis pose son téléphone. Elle marche dans une nuit sans étoiles.

Désœuvré, Pablo est parti au hasard des routes. Il est arrivé à Sisteron en fin de matinée. Il s'est arrêté dans la première brasserie sur son chemin, il a commandé le plat du jour. Alors qu'il suit les informations à la télévision branchée sur LCI, son téléphone vibre dans sa poche.

Je t'ai vu. J'ai reconnu ta moto. Il faut qu'on se voie. Rendez-vous ce soir à 18 heures à notre cabane. Viens à pied pour n'attirer l'attention de personne. Je t'attendrai. Gaëlle.

Incrédule, Pablo relit plusieurs fois le message. Un immense bonheur l'envahit. Il sourit en regardant défiler les images sur l'écran. Le brouhaha des consommateurs l'empêche d'entendre ce que dit le journaliste, cela n'a pas d'importance. Gaëlle veut le voir, n'est-ce pas son jour de chance ?

Dans l'après-midi, Gaëlle rend visite à ses filles. Pierrette se réjouit de cette bonne intention, car elle y voit un juste retour des choses. Marion ne quitte pas sa mère qui fait un gros effort pour ne pas la repousser. Tom n'est pas présent, comme Gaëlle l'a demandé. Pierrette n'a fait aucune remarque, considérant qu'il ne faut rien brusquer.

Gaëlle emmène les fillettes à la sortie du village, près de la mare couverte de lentilles vertes, véritable miracle dans cette zone archi-sèche. Assises à l'ombre, la mère et ses filles restent là une partie de l'après-midi. Nina parle de ses copines, de l'anniversaire de son amie Lucie, de ses dernières notes en français. Marion l'interrompt constamment et dit n'importe quoi pour accaparer l'attention. Comme il fait très chaud, Gaëlle propose d'aller manger une glace à Peyruis, mais avant, elle demande à ses filles de l'attendre quelques instants. Elle entre chez sa mère par la porte de derrière que personne n'emprunte jamais et qui donne sur un vaste débarras poussiéreux. Gaëlle trouve rapidement ce qu'elle cherche dans une caisse en bois remplie d'objets oubliés. Enfin, elle rejoint ses filles qui commencent à s'impatienter.

A Peyruis, elles prennent le temps de déambuler dans les rues. Nina s'étonne de tout, pose des questions, Marion serre la main de sa mère. Au retour, Nina demande :

— Maman, tu nous prendras bientôt chez toi ?

— Bientôt, ma chérie. Il faut me laisser le temps de m'organiser.

Comme elle ne supporte pas d'être exclue d'une conversation, Marion s'en mêle :

— Pourquoi t'es partie ?

Gaëlle ne répond pas ; elles rentrent au Puget. Tom est là, debout dans la cour. Alors Gaëlle fait sortir les filles de la voiture, et démarre dans un nuage de poussière. Elle ne veut pas lui parler.

De retour à Sisteron, elle met de l'ordre dans ses affaires, range ses vêtements sans penser, en automate. Elle cherche du papier, et se met à écrire. Elle noircit rapidement une feuille puis la déchire, jette les morceaux à la poubelle. Dans la cuisine, elle ouvre le tiroir, se saisit d'un grand couteau, le contemple un instant, en éprouve le fil sur le plat du pouce, et pose la pointe sous ses seins. La piqûre lui arrache une grimace. Elle retourne dans sa chambre, prend en main le pistolet récupéré au Puget cet après-midi. Il est chargé et fera l'affaire.

Gaëlle le place délicatement dans son sac à main et sort.

Elle erre sans but, vide de pensées pendant plusieurs heures. Le soleil commence sa descente au-dessus du Pas de la Graille ; au nord, la montagne de Sumiou affiche des couleurs ocre virant au violet. Gaëlle pense à ces soirées d'été où la fraîcheur tombait sur la prairie. Pablo et elle étaient couchés dans l'herbe. Les odeurs du soir montaient, imprégnaient l'air et les poussaient l'un vers l'autre avec un désir qui était déjà du bonheur. Ils s'étreignaient, ne franchissant jamais la barrière qu'ils s'étaient imposée malgré eux, par peur de l'inconnu, par peur surtout de détruire la belle harmonie qui les unissait. L'amour qu'ils avaient fait pour la première et unique fois, la veille du départ de Pablo, était un adieu, un acte sans lendemain. La jeune femme monte dans sa voiture, prend la direction du Puget. Elle ne reviendra jamais ici, n'occupera plus l'appartement qui consacre sa défaite et sa honte. Elle est devenue un boulet pour tous, pour Tom qui ne guérira jamais de la savoir vivante loin de lui, pour ses filles qui l'accuseront d'avoir brisé la famille et surtout pour Pablo, qui, sans elle, pourrait faire sa vie avec sa voisine. Sa place est ailleurs.

Au Puget, elle arrête sa voiture dans un chemin creux et se rend à la cabane par un sentier détourné qu'elle empruntait autrefois. Elle reconnaît les moindres cailloux, les arbres qui n'ont pas changé en vingt ans, toujours aussi rabougris, aussi noueux et couverts de mousse. Et ce petit vent du nord qui court le long de la pente est toujours le même...

Elle a beaucoup d'avance, mais ne veut pas que Pablo la surprenne. Elle pénètre dans la cabane, inspecte rapidement cet endroit chargé de souvenirs, puis elle va se cacher dehors un peu à l'écart. Elle tremble.

A mesure que le temps passe, elle doute. Aura-t-elle le courage d'aller au bout de sa décision ? Le pistolet dans son sac pèse lourd. Son manque de discernement n'est-il pas en train de la pousser vers l'irréparable, une bêtise sans retour ? La pensée de son père mort dans un accident de tracteur alors qu'elle avait douze ans s'impose. Le souvenir qu'elle en garde se confond avec l'image de Tom. Même carrure, même odeur forte, et ce regard direct qu'elle n'osait pas soutenir. N'est-ce pas cette ressemblance qui l'a poussée vers le jardinier de Peyruis ?

Un bruit attire l'attention de la jeune femme. C'est le pas de Pablo, elle le reconnaîtrait entre mille. Il marche dans le sentier, la tête baissée, replié sur lui-même. Il passe près d'elle sans la voir, entre dans la cabane. Gaëlle hésite un instant, inspire profondément et se dirige à son tour vers la porte en retenant ses pas. Elle jette un dernier regard circulaire sur les montagnes que le couchant éclaire d'or et de diamant, puis, retenant sa respiration, elle glisse la main dans son sac.

Il est là, Pablo, assis sur le rocher plat, leur rocher qui servait de table aux anciens bergers. Il lève la tête, grave, indécis. Gaëlle l'observe un moment. Elle ne doit pas parler, le moindre mot peut la faire dévier de son objectif, anéantir sa volonté. Face à cet homme qui n'a pas beaucoup changé non plus, elle est certaine d'avoir raison ; il n'y a pas d'autre issue.

— Merci d'être venu.

Lui non plus ne sait pas quoi dire. Les voilà qui se regardent, comprenant qu'il suffirait de si peu de chose – le bruit d'un insecte, le craquement d'une brindille – pour les précipiter dans les bras l'un de l'autre. Elle ne sait plus ce qui se cache au fond de son âme. Amour, haine, désir ou répulsion, c'est du pareil au même. Elle a beau se dire qu'elle ne doit pas parler, les mots viennent naturellement à son esprit.

— Pardonne-moi le mal que je t'ai fait !

Il se lève vivement, tend les bras. Elle l'arrête.

— Surtout ne bouge pas !

Elle sort l'arme, il recule.

— Qu'est-ce qui te prend ?

— Je vais mourir, Pablo, devant toi, pour que mon dernier regard sur ce monde soit pour toi. Il n'y a pas d'autre solution. Chaque jour qui passe est un calvaire.

— Arrête. Je ferai ce que tu voudras.

— Ne bouge surtout pas ! crie Gaëlle en pointant le pistolet sur Pablo.

Elle inspire profondément.

— Je t'ai vendu au Fada. Cent mille euros en beaux billets pour t'écrire l'horrible lettre que tu as reçue en Espagne, pour te dire que je ne t'aimais pas, que ton départ me libérait et que j'allais enfin pouvoir vivre. Cent mille euros pour brader ce que j'avais de plus précieux, tu comprends ?

— Ça n'a plus d'importance, réplique Pablo sans quitter des yeux le doigt de Gaëlle crispé sur la détente.

— Si, ça en a beaucoup, puisque tout ce qui arrive est de ma faute !

Elle retourne l'arme, pointe le canon sur sa poitrine. Un boulet se jette sur la jeune femme qui tombe. Le coup part. Pablo se précipite et voit, couché sur le corps sanglant de Gaëlle, Jules qui grimace.

Paniqué, Pablo soulève vivement le gamin, sans force, qui respire à peine. Son visage est couvert de sang.

— Tu es blessé ?

— Non, mais j'ai eu peur !

Pablo appelle les secours. Maintenant, Jules pleure à chaudes larmes. C'est étonnant de voir ce visage rebelle se donner aux larmes. Il éponge machinalement le sang sur ses joues. Pablo se penche sur Gaëlle. Il l'allonge sur le dos, remarque que la balle a pénétré à la hauteur du thorax. Il prend son pouls et procède aux soins d'urgence. Une artère a dû être sectionnée ; avec le pouce, il appuie tout autour du trou béant laissé par la balle jusqu'à ce qu'il trouve enfin l'endroit qui arrête le flux.

— Donne-moi un caillou rond, quelque chose de dur.

Jules sanglote toujours, mais recouvre vite ses esprits. Il ramasse un galet assez rond qu'il tend à Pablo.

— Je vais mettre un garrot, explique ce dernier en déchirant sa chemise pour faire un bandage destiné à tenir le caillou en place. Mais qu'est-ce que tu faisais là ? demande-t-il au gamin qui renifle. Comment tu as su que…

— J'ai d'abord vu la femme, et puis toi, alors je t'ai suivi.

L'attente n'en finit pas. Pablo redoute que les secours se soient perdus. Il appelle de nouveau. Les pompiers sont en route, mais n'ont pas trouvé de médecin.

— Je suis médecin, s'écrie Pablo, apportez de quoi administrer les premiers soins !

Jules claque des dents. Il grelotte dans la chaleur brutale de cette fin de journée.

— Je vais la porter jusqu'à la route en contrebas, ça fera gagner du temps. Toi, tu prends mon portable et tu réponds aux pompiers s'ils appellent.

Pablo porte la jeune femme à bras-le-corps. Le sang roule sur son torse nu. Il descend lentement dans le sentier, ses pieds butent sur les pierres roulantes. Il arrive enfin à la route en même temps que les pompiers.

— Que s'est-il passé ? demande l'un d'eux.

— Il faut vite la conduire à l'hôpital. Elle a perdu beaucoup de sang.

L'ambulance démarre en trombe. Jules est assis à côté de Pablo toujours penché sur la blessée qui revient peu à peu à elle. Un léger sourire éclaire son visage.

— Tu es là ! murmure-t-elle en prenant la main de Pablo.

— Ne bouge surtout pas, tu accélères le saignement.

Après un trajet qui paraît interminable à Pablo, ils sont aux urgences à Digne-les-Bains. La blessée est rapidement emmenée au bloc opératoire et prise en charge. Pablo reste à l'écart en compagnie de Jules.

— Viens, tu vas te nettoyer.

Agathe est sur les lieux une heure plus tard. Pablo fait les cent pas dans le couloir en donnant la main à l'enfant qui a perdu son assurance. La jeune femme prend son fils dans ses bras et remarque les traces de sang.

— Mais qu'est-ce qui s'est passé ? demande-t-elle en se tournant vers Pablo, qui a toujours le torse nu.

— Jules est un héros. Il a sauvé une désespérée. Tout va bien pour lui. Tu as quitté ta maison du Puget ?

— Non, j'étais partie deux jours chez ma mère. Nous sommes rentrés cet après-midi.

Le médecin revient et demande à parler à Pablo. Agathe lui propose de l'attendre pour le ramener chez lui.

— Mme Machaud est hors de danger. Elle a perdu pas mal de sang, mais ce n'est qu'un détail.

Il semble embarrassé et cherche ses mots.

— Vous êtes médecin. Je dois vous dire que les nerfs rachidiens ont été touchés. Vous savez ce que cela signifie.

Cela signifie que Gaëlle ne marchera plus, qu'elle sera désormais paralysée des jambes et qu'elle passera sa vie sur un fauteuil roulant.

— Laissons-la se reposer, dit Pablo. Je reviendrai la voir demain.

Dans le parking de l'hôpital, il rejoint Agathe et Jules qui s'est nettoyé le visage. La jeune femme s'assoit au volant de sa voiture et demande :

— Tu vas enfin me dire ce qui s'est passé ?

— Gaëlle est dépressive. Sans Jules, elle serait morte.

— J'ai entendu crier Pablo, dit le gamin de sa voix stridente, alors j'ai couru et j'ai vu Gaëlle avec son pistolet. Sans penser qu'elle pouvait me tuer, je me suis jeté sur elle.

Au Puget, on ne parle que de l'accident de Gaëlle. Pablo raconte aux gendarmes les circonstances du drame. Ils interrogent Jules et se rendent sur les lieux. Le pistolet est resté à l'endroit même où la désespérée a échappé à la mort. A la lueur de torches, Pablo reprend sa place, indique la position de Gaëlle. Jules montre sa cachette.

— Parfait, dit le capitaine de gendarmerie. Demain, nous interrogerons Mme Machaud.

Ils déposent Jules et Pablo au Puget. Le regard triste, Jules saisit fortement la main de l'Espagnol.

— Viens manger avec nous, je t'en prie. Maman sera contente.

Dès le lendemain, Pablo retourne à l'hôpital. La porte de la chambre de Gaëlle est ouverte. La jeune femme se tourne lentement vers lui. Grave, il lui prend la main et s'assoit sans un mot. Gaëlle éclate en sanglots.

— Je ne suis même pas capable de me tuer !

— Arrête. Tu es là, devant moi, et ça suffit.

— Je suis une handicapée, tu comprends ? Jamais je ne remarcherai.

— Ce n'est pas sûr. On fait des miracles en Amérique.

Il a parlé ainsi pour ne pas casser l'espoir. Le médecin lui a monté les dégâts irréversibles sur les nerfs rachidiens. Jamais Gaëlle ne remarchera. Cela ne change rien à la décision qu'il a prise la nuit dernière, dans le silence de sa maison.

— Pourquoi ne suis-je pas morte ? gémit Gaëlle.

Les larmes roulent sur ses joues. Pablo la serre contre lui.

La porte s'ouvre. Pierrette et les deux filles s'approchent du lit. Pablo salue Pierrette et sort. Les fillettes se précipitent contre leur mère. On ne leur a pas dit la vérité, mais l'aînée, qui entend tout, sait à quoi s'en tenir.

— Il ose venir te voir, celui-là ! s'emporte Pierrette.

— Maman, je te demande, une bonne fois pour toutes, de ne plus parler de Pablo de cette façon. Toi et Adrien êtes plus responsables que lui de ce qui s'est passé.

— C'était pour ton bonheur !

— Alors, c'est réussi ! se moque Gaëlle.

Et puis Tom pousse la porte. Il a dû croiser Pablo dans le couloir. L'homme observe longuement Gaëlle et lui annonce la bonne nouvelle : les travaux pour son projet de pisciculture vont reprendre.

Comme Gaëlle ne répond pas, il sort sans un mot, en fermant la porte derrière lui.

— Tu ne vois pas combien il est malheureux ? dit Pierrette à Gaëlle. Tu aurais pu le féliciter !

— C'est plus mon affaire !

— Tout peut s'arranger, poursuit Pierrette. On saura s'occuper de toi. Tom a dit qu'il t'attendrait, qu'il ferait tout pour te rendre heureuse. Et puis, tu seras avec tes filles.

— C'est impossible ! dit Gaëlle d'une voix posée en fixant sa mère droit dans les yeux.

— Mais pourquoi ? Tu es une fille gâtée, voilà ce que tu es ! Tu as un mari adorable et tu ne veux plus de lui.

— N'insiste pas, ça ne servira à rien !

— Moi, si j'avais pu garder ton père, je serais bien heureuse ! Venez, les filles, votre mère a besoin de se reposer.

Pierrette sort vivement, laissant une Gaëlle si sûre d'elle qu'elle en oublie son handicap.

Pablo fait un détour par le chantier. Dans un vacarme infernal, des machines terrassent le sol, creusent des tranchées sous les regards attentifs des responsables ; une multitude d'ouvriers s'affairent ; des camions apportent du béton liquide et coulent les fondations des premiers bâtiments.

De retour chez lui, il constate que les volets d'Agathe sont ouverts, le gamin est donc dans les parages. Il entre dans sa maison où règne une agréable douceur.

Tout à coup, un cri strident éclate, un hurlement aigu. Pablo sursaute, traverse la cour, se lance dans le sentier qui conduit à la chapelle. Derrière les arbres, il aperçoit Jules au sommet du clocher, en équilibre, qui agite les bras. Le jeune homme court sans se préoccuper des ronces qui s'agrippent à ses vêtements et fouettent son visage. Agathe se jette dans ses bras.

— Mon Dieu, il faut faire quelque chose !

— Qu'est-ce qui se passe ? demande Pablo sans quitter des yeux le petit équilibriste dans la lumière intense du ciel.

— Il est monté là-haut et il dit qu'il va se jeter dans le vide si je ne lui jure pas qu'on va rester ici !

Pablo s'approche. Jules l'aperçoit et éclate d'un rire forcé.

— Tu vois que je suis plus courageux que toi !

Le gamin sort son harmonica et se met à jouer. Les notes aigrelettes s'amplifient dans l'air chaud. Pablo crie :

— Jules, je t'en prie, descends de ce clocher. C'est dangereux !

— Je m'en fous. Je préfère mourir plutôt que partir d'ici. Je veux pas aller à Aix. Et puis, si t'en es capable, viens me chercher !

Comment a-t-il pu grimper sur ce clocher sans points d'appui ? C'est vrai, Jules est aussi leste qu'un chat sauvage et aussi léger qu'une plume, mais quand même !

— Jules, reprend Agathe, je te jure que si tu redescends, on ne partira pas d'ici.

— Je ne te crois pas. Tout comme toi, Pablo, tu m'avais promis une guitare si je te montrais la voiture...

En effet, Pablo a oublié d'acheter la guitare. Il tente de se rattraper.

— Descends et on va l'acheter tout de suite.

— C'est sûr ce que tu dis ?

— Dépêche-toi, on va même y aller à moto.

L'argument mérite d'être considéré. Jules réfléchit un instant. Depuis que Pablo l'emmène à moto, il ne rêve que de ça. C'est autre chose que son vélo dont le garde-boue dévissé fait un bruit de ferraille à chaque coup de pédale.

Par bravade, Jules se dresse, écarte les bras pour montrer son sens de l'équilibre. Agathe pousse un cri. Le gamin commence à se laisser descendre le long du clocher.

Quelques instants plus tard, il sort de la chapelle, court vers sa mère qui l'étreint.

— Comme tu m'as fait peur !

— Tu n'oublies pas, fait le gamin, on ne déménage plus !

Puis il se tourne vers Pablo :

— Alors, on y va, acheter cette guitare ?

— Tout de suite, fait Pablo en prenant le sentier.

Jules éclate d'un rire sonore, celui du garnement habitué à obtenir tout ce qu'il veut.

— Je savais que vous finiriez par céder, dit-il.

Puis il ajoute à voix basse :

— Tu penses bien que je suis pas assez con pour sauter !

— Tu mérites une fessée ! Tu n'es qu'un insupportable gamin ! s'emporte Pablo.

Ils redescendent jusqu'à la cour. Agathe essuie les larmes de son visage. Jamais elle n'a eu aussi peur et réalise que son fils fait d'elle ce qu'il veut. Je suis faible, pense-t-elle. Malgré tout, comment ne pas céder quand elle se sait fautive ? Ils vont donc rester ici, en face de chez Pablo. Elle va reprendre ses anciennes habitudes, oubliées un temps, sortir en boîte jusqu'à l'aube, céder à l'illusion d'une nuit pour continuer de croire en l'avenir.

La moto démarre dans un bruit sourd et s'éloigne. Pablo roule un peu vite, comme il l'a promis à Jules, mais raisonnablement dans les tournants en lacet de la montagne. Les petits bras de Jules serrent sa taille et cela lui suffit pour être heureux. Quand ils arrivent au Signal de Lure, Pablo fait une courte pause. Jules enlève le lourd casque trop grand qui lui pèse sur les épaules. Un vent agréable fouette son visage. Il regarde un instant la campagne s'étaler devant lui dans un air bleuté, si distante qu'il en perçoit le silence plein de mystère, une vie lointaine qu'il pressent et qui lui échappe. Le voilà près du ciel dominant ces maisons au loin dont la vie lui échappe. Au bout d'un moment, le jeune garçon confie :

— Ma mère, c'est une petite fille. Elle a toujours été comme ça. Elle a beaucoup de copains, mais toi, c'était pas pareil !

— Comment ça ?

— Toi, tu connais la montagne. On peut être de très bons amis, tous les deux !

— Tu mesures ce que tu dis ? Toi, tu es un gamin de onze ans et moi j'en ai trente et un ! On ne pourra jamais se parler comme deux amis !

Jules hausse les épaules et fait quelques pas sur la route, puis se tourne.

— Quand on est dans la montagne, la nuit, on a tous le même âge !

A Digne-les-Bains, chez le marchand d'instruments, Jules joue les connaisseurs et se fait présenter plusieurs modèles de guitares, en pince les cordes, en apprécie le son, tout en regardant Pablo qui se garde bien de donner son avis. Finalement, le jeune musicien choisit la plus chère – gage certain de qualité – mais Pablo paie sans la moindre observation.

— Tu es content ? demande-t-il en sortant du magasin.

— Ouais, ça ira pour un début.

De retour chez lui, Jules prend une infinité de précautions pour sortir l'instrument de son étui, puis il joue plusieurs accords.

— C'est autre chose que l'harmonica ! dit-il, fier de sa musique.

— Tu n'as pas fini de me casser les oreilles ! répond Agathe en souriant.

Trois semaines ont passé. Les restes de Cecilia ont été inhumés dans le grand caveau d'Adrien. Une foule de curieux assiste à l'enterrement. M. et Mme Maggioni ont fait le déplacement. Pablo les réconforte de son mieux. Sur le granit bleu, un graveur a ajouté à côté d'*Adrien* : *Cecilia des Noyers 1989-2016.*

Gaëlle a retrouvé sa bonne santé. Elle peut quitter seule son lit et s'asseoir sur son fauteuil. Elle va bientôt partir en maison de rééducation et espère faire encore des progrès. La perte de ses jambes l'afflige, mais elle ne ressasse plus de pensées morbides. C'était sûrement le prix à payer pour échapper à ses fantômes. Désormais, elle regarde la vie avec des envies nouvelles, maintenant que tant de choses lui sont interdites.

Pablo lui rend visite presque tous les jours. Il est en train d'aménager son cabinet dans une vaste maison qu'il a louée en attendant que le centre médical soit construit. Sur la façade il a fait fixer une plaque sur laquelle est écrit en lettres dorées : *Pablo des Noyers-Sierra, médecine générale.* Il a fait venir de Madrid son matériel professionnel et reçoit ses premiers patients, curieux de consulter auprès de cet Espagnol qu'ils ont pour la plupart connu enfant ou adolescent. Ils ne lui font pas entièrement confiance et beaucoup continuent de fréquenter un autre médecin des environs pour s'assurer que ses diagnostics sont convenables. Ils ont entendu dire tant de choses sur les facultés espagnoles qui ne valent sûrement pas celles de France !

Les travaux de Prognes ont repris. Déjà plusieurs bâtiments sont sortis de terre et attendent charpentiers et couvreurs pour les toitures. La pisciculture de Tom est presque opérationnelle. Les premiers bassins sont en eau et on apporte les truitelles qui vont y grandir. Tom a fait plusieurs stages de formation dans une grande pisciculture de la vallée et se sent prêt pour l'aventure de sa vie.

Ce matin, Pablo ne se rend pas à son cabinet. Il a fait expédier ses vêtements de Madrid et il choisit pour sa journée un costume bleu, chemise beige et cravate à rayures bleues et jaunes. Une fois prêt, il se dirige vers sa moto. Jules, qui devait le guetter, surgit debout sur son vélo.

— Eh bé, Pablo, voilà que tu ressembles à un ministre !

Le gamin l'admire et attend, curieux de savoir

où Pablo se rend dans un accoutrement qui ne lui est pas habituel.

— Tu vas où ? demande enfin le gamin.

— Je vais me promener. Et le reste ne te regarde pas.

Jules démarre en trombe pendant que Pablo ajuste son casque. Après quelques coups de pédales, l'enfant fait crisser ses pneus sur le gravillon.

— Je te déteste ! crie-t-il en repartant.

Il fait un tour par le bas et revient près de Pablo.

— Dis, tu reviendras, ce soir ?

— Oui, c'est promis.

— Alors, je te montrerai quelque chose. Tu sais, les marcassins dont les bracos avaient tué la mère... Ce con de Levassein n'a pas tenu sa promesse. Alors, je m'en suis occupé mais j'ai besoin de ton aide.

— On verra ça !

— Les renards en ont bouffé trois, mais il en reste deux et j'ai réussi à les sauver.

— Comment tu as fait ?

— Tu verras. C'est après le coup de pistolet que j'ai eu l'idée.

Pablo salue Jules puis s'en va. A Digne, il s'arrête d'abord devant la boutique d'une fleuriste et achète un énorme bouquet de magnifiques roses, puis il se rend à l'hôpital. Dans sa chambre, Gaëlle a terminé ses valises. Quand elle voit entrer Pablo, ainsi vêtu et tenant à la main l'énorme bouquet de fleurs, elle reste un moment indécise.

— Pablo ? demande-elle comme si elle n'était

pas certaine que l'homme en costume-cravate en face d'elle est bien l'Espagnol. Tu es venu me dire que tu pars ?

Lui, sans un mot, s'approche de la jeune femme assise sur son fauteuil. Emu, il lui prend la main demande :

— Gaëlle, acceptes-tu de m'épouser ?

La voilà la respiration bloquée, le cœur battant, incapable de prononcer un mot. Puis elle se ressaisit et répond d'une voix altérée :

— Mais tu n'y penses pas ? Je suis une infirme.

— Aucune loi ne m'interdit de t'épouser. Je t'aime. Et je suis certain que tu pourras t'occuper de mon secrétariat, prendre les rendez-vous avec les patients. Acceptes-tu de m'épouser ?

Gaëlle ne cherche pas à retenir ses larmes. Depuis son accident, elle pleure pour un rien, autant pour la peine que pour la joie. Elle serre les mains de Pablo.

— Mais je suis mariée, tu l'oublies ?

— Je crois savoir que tu es en instance de divorce. Donc, bientôt, tu seras libre. A ton retour du centre, si tu le veux, nous nous marierons, dans la chapelle Sainte-Féréole. Les grandes orgues avertiront tout le pays de notre bonheur !

Elle imagine un instant les grandes orgues sonnant et les invités se pressant autour de ce petit bâtiment. Elle a une pensée pour son mari.

— Pauvre Tom, dit-elle, c'est ainsi. J'espère qu'il comprendra.

— Il ne quitte pas le chantier de sa pisciculture et je suis certain qu'il va réussir.

Gaëlle presse le bouquet contre sa poitrine puis adresse un sourire à Pablo.

— Un tel événement ne se fête pas sans champagne ! ajoute le jeune homme. Viens, je t'emmène déjeuner en ville. J'ai la permission de ton médecin.

Elle sourit, puis d'un coup, son visage s'assombrit.

— Qu'est-ce que tu as, Gaëlle ? s'impatiente Pablo.

— On ne sera jamais un véritable couple puisque nous ne pourrons pas avoir d'enfants.

Voilà qu'elle fait sienne la hantise d'Adrien. Pablo hésite un instant, puis décide :

— On pourra en adopter un ! Et puis, il y a tes deux filles, qui seront nos filles. Je n'oublie pas non plus le petit joueur d'harmonica qui t'a sauvé la vie et sans qui je ne serais pas resté au Puget. Tu vois, nous avons déjà une grande famille !

Le soir, en arrivant chez lui, Pablo s'étonne de trouver Jules assis sur le perron, qui l'attend.

Sa guitare accapare le gamin au point qu'il en oublie ses sorties nocturnes dans la forêt.

— Je sais pas ce que tu foutais, lui reproche-t-il, mais tu as mis un de ces temps !

Pablo entre se changer et, quand il ressort, Jules est toujours là.

— Viens, je t'ai dit que j'allais te montrer quelque chose.

Ils partent dans le sentier, traversent le bosquet et grimpent sur le flanc dénudé de la montagne.

— Mais où tu m'emmènes encore ? demande Pablo qui, pourtant, le sait déjà.

— C'est l'autre jour que j'ai eu l'idée.

Ils arrivent à la cabane où Gaëlle a tenté de se suicider. La porte d'entrée a été grossièrement réparée. Jules s'approche de la petite ouverture, sorte de soupirail sous le toit.

— Regarde ! fait-il en invitant Pablo à s'approcher.

Dans la cabane, de la paille a été étalée sur le sol. Deux petits marcassins vivent là, près d'une mangeoire de fortune et d'une bassine d'eau.

— Toi alors ! s'exclame Pablo. Comment tu as fait ?

— J'ai commencé par boucher les trous où pourrait passer le renard. Ça m'a pris pas mal de temps. Après c'était facile.

— Mais les petits sangliers, comment tu les as capturés ?

Jules secoue la tête. Franchement ces gens de la ville ne comprennent jamais rien !

— Eh bien, j'ai posé des pièges et je les ai attrapés. Voilà, ils sont là en sécurité. Je leur apporte à manger, mais ça me coûte cher et je n'ai plus d'argent. Alors, je me débrouille, mais si je me fais piquer…

— T'en fais pas, je vais t'aider à acheter de la nourriture. Ce sera notre secret à tous les deux.

— On pourra pas les lâcher à l'automne parce qu'il y a la chasse, seulement au printemps prochain.

Pablo lance un regard attendri à Jules qui, tout à coup intimidé, baisse les yeux.

— Tu comprends, ajoute-t-il, je pouvais pas les laisser se faire bouffer par les renards.

Il est là, le gamin, en face de Pablo, comme honteux de son acte de générosité.

— Finalement, tu as raison. On peut être amis, tous les deux.

Ils rentrent sans un mot. Jules enfourche son vélo et appuie sur les pédales. Debout, il tire sur le guidon et roule ainsi pendant quelques mètres, dressé sur la seule roue arrière.

— Tu as vu, j'y arrive, maintenant !

Il n'a pas terminé sa phrase qu'il perd l'équilibre et s'étale sur les dalles.

— Voilà ce que c'est de vouloir jouer les acrobates ! le gronde gentiment Pablo. Tu t'es fait mal ?

— Sûrement pas ! répond le petit crâneur qui s'est écorché le genou.

La brise s'est levée avec un bruit de feuilles dérangées. D'épais nuages montent sur l'horizon, grignotent le ciel. Les montagnes deviennent sombres. Le pays de Lure continue sa vie faite d'excès, de colères, de grands calmes où le vent n'ose pas se montrer, de pluies diluviennes et de sécheresses incendiaires…

DU MÊME AUTEUR *(suite)*

Nous irons cueillir les étoiles, Robert Laffont, 2007 ; Pocket, 2009
Le Chat derrière la vitre, L'Archipel, 2008 ; De Borée, 2010
Et l'été reviendra, Robert Laffont, 2008 ; Pocket, 2012
La Malédiction des louves, Robert Laffont, 2008 ; Pocket, 2010
Les Enfants de l'hiver, XO, 2009
Les Secrets de la forêt, Robert Laffont, 2010 ; Pocket, 2013
La Maison des Houches, Belfond, 2010 ; Pocket, 2012
Le Cri du goéland, Belfond, 2011 ; Presses de la Cité, coll. Trésors de France, 2014
Le Chant du papillon, Belfond, 2011 ; Presses de la Cité, coll. Trésors de France, 2015
La Tour de Malvent, Belfond, 2012 ; Presses de la Cité, coll. Trésors de France, 2016
Le Barrage, Belfond, 2012 ; Presses de la Cité, coll. Trésors de France, 2017
La Rebelle des sentiers de Lure, Belfond, 2013 ; Presses de la Cité, coll. Trésors de France, 2018
La Mémoire au cœur, Belfond, 2014
La Disparue de Saint-Sauveur, Belfond, 2015
L'Enfant de Loire, Belfond, 2016
Chante, rossignol, Presses de la Cité, 2017
L'Année de la pluie, Belfond, 2017
La Belle Main, Presses de la Cité, 2018
La Garçonne, Presses de la Cité, 2019
Naufrage, Belfond, 2019

AUX ÉDITIONS OMNIBUS :
Sentiers d'enfance, 2013
Au nom du bonheur, 2017

Composition et mise en pages
Nord Compo à Villeneuve-d'Ascq

MIXTE
Papier
FSC FSC® C003309

Imprimé en France par EPAC Technologies
N° d'impression : 4550414332220
Dépôt légal : avril 2020